GEISTERJÄGER

JOHN SINCLAIR

Jason Dark

DAS STONEHENGE-MONSTRUM

W0354364

Horror-Roman

BASTEI LÜBBE

BASTEI-LÜBBE-TASCHENBUCH
Band 73 142

Erste Auflage:
Februar 1993

© Copyright 1993 by Bastei-Verlag
Gustav H. Lübbe GmbH & Co.,
Bergisch Gladbach
All rights reserved
Titelillustration:
Steve Csrip
Umschlaggestaltung:
Quadro Grafik, Bensberg
Satz: Fotosatz Steckstor, Bensberg
Druck und Verarbeitung:
Clausen & Bosse, Leck
Printed in Germany

ISBN 3-404-73142-5

Der Preis dieses Bandes
versteht sich einschließlich der
gesetzlichen Mehrwertsteuer.

Wir wußten, daß sie kommen würden, aber wir wußten nicht, wann es soweit war.

Deshalb warteten wir.

Wir standen eingeklemmt in eine schmale Nische, deren Rückseite von einer Haustür begrenzt wurde. Im Haus selbst sollten angeblich nur mehr Ratten leben, keine Menschen, doch den Aussagen war nicht unbedingt zu trauen.

Diese Nacht gehörte zu denen, die Suko und ich lieber woanders verbracht hätten als in diesem Loch. Uns hatte dieses Backofen-Gefühl überfallen. Es war eng, warm und schwül, und die Gerüche konnten wir auch vergessen. Sie drangen aus irgendwelchen Gullys zu uns hoch. Es stank nach altem Schmutzwasser aus den tiefsten Tiefen der Kanalisation, und wir beide hatten es aufgegeben, uns den Schweiß von den Gesichtern zu wischen.

Kamen sie? Kamen sie nicht?

Das war für uns in dieser Nacht die Frage aller Fragen. Man hatte uns von einer unheimlichen Prozession berichtet, die angeblich zu Ehren eines götzenhaften Dämons abgehalten wurde. Der Informant galt als vertrauenswürdig, das hatten uns Kollegen berichtet, die ihn besser kannten, doch bisher hatten wir davon nichts bemerkt.

Vor uns lag eine leere Straße. Für uns begann sie im Nichts und schien auch im Nichts zu enden. Diese Straße war einfach da. Wir kannten nicht einmal den Namen, denn ein Hinweisschild darauf hatten wir ebenfalls nicht gesehen.

Es war eine düstere Gegend. Der Hafen war nicht weit. Ich wußte nicht, welche Menschen hier lebten, das war wohl niemandem bekannt, denn hier wechselten die Bewohner häufig.

Hier war alles grau, verfallen, irgendwo in der Mitte zwischen Wollen und Nichtwollen erstickt. Zu Thatcher-Zeiten hatte dieses Gebiet zu den Flecken gehört, die abgerissen werden sollten, um daraus ein völlig neues Wohngebiet zu schaffen. Eine Insel für die Reichen.

Das hatte aus verschiedenen Gründen nicht geklappt. Vor allen Dingen aus Geldmangel. Investoren hatten sich zurückgezogen, denn die Vorverkäufe für einzelne Wohneinheiten waren kaum angelaufen. Und so hatte man das Gebiet schließlich aufgegeben und verrotten lassen. Das im wahrsten Sinne des Wortes, denn hier kümmerte sich niemand um nichts. Was in den Häusern noch zu verwerten gewesen war, von der Steckdose bis zur Klobrille, hatten Menschen herausgerissen. Und was sie nicht brauchen oder nicht abtransportieren konnten, hatten sie häufig beschädigt oder zertrümmert.

Es herrschte ein tiefer Luftdruck. Bei diesen Bedingungen stiegen mir die widerlichen Gerüche noch intensiver und bedrückender in die Nase. Ich kam mir vor, als würde ich mit beiden Beinen in einer großen Kloake stehen.

Suko schaute auf die Uhr. Zum erstenmal, denn der Nervösere von uns beiden war ich. Aber auch bei ihm liefen die Zeiger nicht schneller, und bis Mitternacht waren es noch gut zwanzig Minuten.

Als er mein Grinsen sah, hob er die Schultern. »Ich weiß nicht, John, aber meine Erfahrung lehrt mich, daß um Mitternacht etwas geschehen könnte.«

»Meinst du?«

»Ich hoffe es zumindest.«

»Dann hoffe mal weiter.«

Wir standen schon relativ lange hier. Am liebsten

hätte ich mich gesetzt, aber das wollte ich auch nicht, denn auf dem Boden lag einfach zuviel Dreck. Ebenso schmutzig war die Tür hinter uns, über deren Existenz ich mich sowieso wunderte, normalerweise wurden die Türen gern gestohlen.

Suko drehte sich in der Nische um. Er streckte den Arm vor und legte die Hand gegen die Tür. Dem leichten Druck hielt die Tür nicht stand.

Erst knirschte und schabte sie, dann fing sie an zu zittern, schließlich kippte sie zurück. Hätte Suko nicht schnell reagiert und sie abgefangen, wäre sie mit einem lauten Krach auf den Boden gefallen, was uns beiden überhaupt nicht gefallen konnte.

Ich drehte mich um. »Was hast du vor, willst du das Haus hier abbrechen?«

Suko stand noch immer geduckt. Er schüttelte den Kopf. »Nein, auf keinen Fall, obwohl es darum nicht schade wäre.« Er richtete sich wieder auf. »Kennst du das Gefühl, das man hat, wenn man glaubt, nicht mehr allein zu sein?«

»Klar, ich bin doch bei dir.«

»Wie schön. Aber andere auch. Ich glaube einfach, daß sich im Haus jemand versteckt hält.«

»Einer?«

»Es können auch mehrere sein.«

»Du willst dich umschauen?«

»Ja.« Suko hatte bereits seine Lampe hervorgeholt und leuchtete in den Flur. Was der Lichtschein enthüllte, war mehr als traurig. Zunächst einmal überwog der Dreck. Da hatten sich Staub, Abfälle und Schmier zu einer Mischung vereinigt, über die ich nur den Kopf schütteln konnte. Es gab praktisch keinen sauberen Fleck mehr auf dem Boden und auch an den Wänden.

Suko war einige Schritte in den engen Flur hineingegangen. Das Haus erinnerte mich plötzlich an eine schmutzige Totengruft, und ich schüttelte mich wieder, wenn ich daran dachte, daß ich hier wohnen sollte.

Suko marschierte vor mir tiefer in den Flur. Es gab noch eine Treppe, wenn auch an einigen Stellen zerstört, denn mit dem Geländer war das so eine Sache. Das hatten auch irgendwelche Leute gebrauchen können. Und an dieser Treppe blieb mein Freund stehen, um die Stufen hochzuleuchten.

»Siehst du was?«

»Dreck.«

»Und sonst?«

»Vergiß es.«

»Keine Spuren?«

»Nein, John, aber ich gehe trotzdem hoch und schaue mich mal ein wenig um.«

»Ist dein Risiko.«

»Wenn ich schreie, kommst du?«

»Mal sehen.«

Suko machte sich auf den Weg, und ich dachte nicht im Traum daran, die Tür wieder in die Höhe zu wuchten. Je mehr Zeit verging, um so ägerlicher wurde ich. Ich hatte immer mehr den Eindruck, einer Finte aufgesessen zu sein. Der Informant schien sich einen Spaß mit uns erlaubt zu haben, und das ärgerte mich. Von einer Prozession, die einem unheimlichen Dämon ähneln sollte, hatten wir noch nichts mitbekommen, und dabei wäre es eigentlich unser Job gewesen, das zu wissen.

Ich verließ den engen Schlauch der Hausnische. Sie lag ebenerdig, deshalb brauchte ich auch keine Stufe zu gehen. Einen Unterschied zur Nische gab es kaum, wenn ich einmal von dem Bodenbelag unter den Füßen ausging.

Er war aufgerissen, trocken und wirkte trotzdem irgendwie schlammig. Ich hatte den Eindruck, in einer leeren, schlammigen Wüste zu stehen, in der Alpträume ihre Heimat gefunden hatten. Aber die Wüste war nicht leer, sondern von Dünsten und Düften durchzogen, deren Quellen ich nicht herausfinden konnte. Es waren strenge Gerüche, salzig und schlammig, dazwischen ein fauliger Gestank, der sich ätzend in meinem Mund ausbreitete, wenn ich zu tief einatmete.

Die Straße war leer. Zu beiden Seiten hin. Wenn ich nach links schaute, entdeckte ich einen fahlen Glanz. Der allerdings hatte nichts mehr mit dieser Gegend zu tun, er stieg jenseits der Themse hoch, wo das andere London im Lichterglanz der Nacht lag.

Hier stand ich auf einem anderen Stern.

Laternen gab es zwar auch, doch ihre Kuppeln waren längst zerstört worden. Jetzt stand nur mehr ein nacktes Gestänge da und erinnerte mich an makabre Galgen.

Ich hatte Durst, aber leider nichts zu trinken. So blieb der widerliche Geschmack in meinem Mund kleben, als hätte man ihn mit Leim hineingepinselt.

Hinzu kam die Stille.

So bedrückend, lastend und schwer. Keine normale Stille. Für mich war diese Straße ein großes Monster, in dessen Maul ich steckte, wobei es noch den Atem anhielt, aber Augenblicke später die Luft tief einsaugen würde, um mich auch zu verschlucken.

Stille . . .

Nicht mehr lange. Ein Pfiff durchbrach sie!

Ich schrak zusammen, weil mich dieses schrille Geräusch überrascht hatte. Es war mir vorgekommen wie ein Startsignal für all diejenigen, die sich bisher versteckt gehalten hatten, um nach dem Pfiff die Löcher zu verlassen wie Ratten.

War er der Beginn gewesen? Sollte auf diese Art und Weise die unheimliche Prozession angekündigt werden? Ich sah noch nichts und blieb trotzdem bei meiner Ansicht.

Wieder ging ich zurück und drückte mich in den Hauseingang hinein. Das war zwar nicht ideal, immerhin gab er mir einen gewissen Schutz, obwohl der möglicherweise nicht nötig war, denn die anderen, noch Unsichtbaren, hatten mich sicherlich längst entdeckt.

Ich wartete trotzdem.

Sekunden verstrichen. Auch das Echo des Pfiffs war verklungen. Sollte ich mich geirrt haben? War dieser Pfiff überhaupt kein Startzeichen gewesen?

Ich bewegte meinen Kopf wieder nach links und rechts, um möglichst viel mitzukriegen, und schaute nur gegen die leeren Fassaden der alten Häuser.

Plötzlich waren sie da.

Sie drangen lautlos aus den Löchern, in denen sie bisher gehaust hatten. Sie bewegten sich nicht einmal lautlos. Ich hörte ihre unterschiedlichen Schritte, die zu einem Gemisch aus Schaben, Kratzen und hartem Auftreten wurden.

Sie waren da, aber sie kamen nicht bis vor an die Straße, sondern blieben in Deckung der düster-drohenden Hausfassaden stehen.

Auch ich bewegte mich nicht.

Wer waren diese Leute? Bewohner aus der Gegend? Daran glaubte ich nicht, denn so stark bevölkert konnte die Straße normalerweise nicht sein. Ich nahm eher an, daß sie zu den Zuschauern der dämonischen Prozession gehörten, deretwegen ja auch ich gekommen war.

Ich sah sie gegenüber auf der anderen Straßenseite, aber auch in meiner Nähe.

Zum Beispiel rechts von mir war jemand erschienen,

den ich nicht gehört hatte. Wie ein Geist war er gekommen, hatte sich materialisiert und blieb stehen.

Nichts geschah.

Und gerade die Tatsache gefiel mir überhaupt nicht. Ich mußte einfach davon ausgehen, daß sich einiges zusammenbraute. In die tote Straße war das Leben hineingeglitten, ohne allerdings so zu wirken. Es blieb blaß und stumm. Es wartete ab, es lauerte, und keiner der Zuschauer machte sich irgendwie bemerkbar. Keiner sprach mich, den Fremden, an. Sie unterhielten sich nicht untereinander, sie blieben eingepackt in ihre Stille.

Das alles spielte sich auf einer großen Freilichtbühne ab, die von den Statisten mittlerweile betreten worden war. Aber wo, zum Henker, blieben die Hauptdarsteller? Oder würden sich die Statisten plötzlich in sie verwandeln?

Auch damit mußte ich rechnen. In dieser einsamen Straße war eben alles möglich.

Auch Schrittgeräusche waren so gut wie nicht zu hören. Jeder bewegte sich so lautlos wie möglich, und nur deshalb fiel mir wahrscheinlich das Zischeln auf.

Als ich den Kopf drehte, grinste mich der ›Geist‹ an. Er hatte mich angesprochen. Ich war froh, unterbrochen worden zu sein und holte erst einmal tief Luft, bevor ich eine Frage stellte.

»Was willst du?«

»Dich begrüßen.«

»Wie freundlich«, sagte ich nur.

Er kam näher. Ich konnte ihn besser sehen. Sein Anblick ließ mich nicht eben jubeln. Ich verzog die Nase, da ich das Gefühl hatte, er würde nach kalter Asche riechen. Seine Kleidung war dunkel. Ob er einen Pullover oder nur ein Hemd trug, konnte ich nicht erkennen. Bei den herrschenden Temperaturen tippte ich eher auf letzteres. Auch die Hose zeigte eine schwarze Farbe, und von seinen Haaren konnte ich deshalb nichts erkennen, weil er sie durch eine Strickmütze verdeckte. Sie war so tief in die Stirn gezogen, daß der Rand sie waagerecht in zwei Hälften spaltete. Er nickte mir zu.

»Kennen wir uns?«

»Nur indirekt.«

Ich überlegte, was er damit gemeint haben könnte. Wieder lachte er leise. »Jetzt stehst du auf dem Schlauch – oder?« Während er sprach, schaute er sich immer wieder um. Er bewegte dabei heftig den Kopf, als hätte er Angst davor, daß andere uns sehen und unser Gespräch auch belauschen konnten.

»Ja, ich bin etwas überfragt.«

Er freute sich, was mir sein breites Grinsen auch anzeigte. »Seid ihr Bullen denn so blöd?«

Er wußte Bescheid. Ich schwieg, doch der Kerl ließ sich nicht davon abbringen, daß ich ein Bulle war. »Ich habe euch den Tip zukommen lassen und hätte deshalb angenommen, daß sie einen anderen schicken als dich, einen der Bescheid weiß, verstehst du?«

Jetzt verstand ich ihn. »Du bist der Informant.«

»Bravo.«

»Okay, wunderbar, freut mich wirklich. Was hast du mir zu bieten?«

»Die große Schau.«

»Auf die ich leider noch warte.«

»Sie wird gleich beginnen.«

»Du sprichst von der Prozession?«

Der Namenlose nickte und vergaß nicht, sich dabei immer wieder umzuschauen, ob er nicht doch irgendeinen Typen erkennen konnte, der ihn beobachtete.

Wahrscheinlich nicht, denn alles blieb still. Keiner zeigte für uns Interesse. »Diese Nacht ist eine besondere«, redete er weiter. »Sie ist außergewöhnlich.«

»Ja, sehr schwül.«

»Das meine ich nicht.«

»Was dann?«

Er kam nicht näher, hob dafür seine Stimme an, damit ich sicher sein konnte, von ihm auch verstanden zu werden. »Heute werden sie ihm zu Ehren einiges unternehmen.«

»Tatsächlich?«

»Ja, Bulle.«

»Ich heiße übrigens John.« Meinen Nachnamen wollte ich nicht sagen.

»Ich bin Whisper«, sagte er.

»Ach ja? Der Flüsterer?«

»Genau. Manchmal bin ich wie der Wind. Man hört mich nur, aber man sieht mich nicht. Ich komme auch in jede Ecke, nichts ist vor mir sicher, und Nächte wie diese hier, wo wir auf die Prozession warten, liegen mir besonders am Herzen.«

»Was unterscheidet sie denn von den anderen Nächten?«

»Sie werden kommen, und sie werden sich ein Opfer holen, John.« Er öffnete den Mund und fing an zu lachen. »Ist das nicht außergewöhnlich? Ist das nicht irre?«

»Was meinst du mit Opfer? Einen Menschen?«

Whisper nickte sehr langsam und bedächtig. »Genau das meine ich damit. Sie werden ihm einen Menschen opfern.«

»Und wer ist er?«

»Der Dämon.«

»Genauer, Whisper, das ist mir zu schwammig.

Wenn mich nicht alles täuscht, gibt es unzählige Dämonen, die sich auf zahlreiche Kulturen und Mythologien verteilen.«

»Sie lieben ihn.«

Ich haßte es, daß er auswich, und hakte nach. »Verdammt noch mal, er muß doch einen Namen haben.«

»Hat er auch.«

»Dann sag ihn.«

Whisper schüttelte den Kopf. »Es ist einfach zu gefährlich, ihn auszusprechen.«

»Unsinn.«

»Gut, auf deine Verantwortung hin. Es ist das Monstrum, John. Genauer gesagt, das Stonehenge-Monstrum.«

Ich blieb erst einmal sehr still. Nicht ein Wort drang über meine Lippen. Trotz meines Jobs gibt es noch immer Momente, wo ich einfach erst einmal Luft holen muß. Ich hatte den Namen zwar gehört, nur konnte ich nichts damit anfangen. Wer war dieses Stonehenge-Monstrum? Wieso kam der Dämon nach London?

Whisper rieb seine Hände. Sie waren schweißig. Dadurch entstanden Geräusche, als wäre er dabei, Speichel durch die Lippen und Zähne zu ziehen. Sie regten mich auf, und ich bekam eine leichte Gänsehaut, weil sie einfach widerlich waren.

»Hör auf damit!«

»Nervös?« Er kicherte.

»Nein, nur neugierig. Ich will wissen, was es mit dem Stonehenge-Monstrum auf sich hat!«

»Es ist ihr Gott.«

»Weiter.«

»Ein Gott braucht Opfer.«

»Einigen wir uns lieber auf Götze. Das andere Wort möchte ich nicht hören.«

»Teufel, du bist aber empfindlich.«

»Hin und wieder schon. Dieser Götze, dieses Monstrum braucht Opfer. Soweit habe ich dich verstanden. Und ich nehme auch an, daß der das Opfer in dieser Nacht bekommen wird.«

»Sehr richtig.«

»Was geschieht mit dem Opfer?«

»Er wird es verschlingen. Er wird es in sich hineinsaugen, und er wird es fressen.«

»Einen Menschen?«

»Sicher«, flüsterte er.

»Steht der fest?«

Whisper ließ sich Zeit mit der Antwort. Er pfiff sogar vor sich hin, dann kicherte er und nickte. »Klar, das Opfer steht schon vorher fest. Nur weiß es nichts davon. Und ich gehe davon aus, daß auch das Opfer nicht informiert worden ist.«

»Weiter.«

»Es ist ein Fremder, John. Denk daran, daß du zu den Fremden gehörst. Bist du jetzt schlauer?«

Ich runzelte die Stirn. »Fast, möchte ich sagen. Also könnte ich das Opfer sein.«

»Nein, du nicht, sondern ein anderer. Hattest du nicht noch einen Kollegen? Alle haben ihn gesehen und . . .«

Ich fuhr herum. Für Whisper mußte es so aussehen, als wollte ich ihm an den Kragen, er zuckte deshalb zurück, aber auch meine Hände sanken nach unten.

»Du meinst Suko?«

Er preßte sich mit dem Rücken gegen die Hauswand, wischte über seine Lippen und nickte.

Mir aber rann ein kalter Schauer über den Rücken . . .

Das alte Gebäude kam Suko vor wie ein gewaltiges, in mehrere Etagen unterteiltes Totenhaus, aus dem die Leichen entfernt worden waren, in dem jedoch der Geruch weiterhin nachhing, denn der Inspektor schnupperte ständig und hatte das Gefühl, den Gestank von altem, fauligem Fleisch in Mund und Nase zu spüren, als er die Stufen der modrigen Treppe hochschritt.

Er mochte dieses Haus nicht, und er wußte auch, daß dieses Haus ihn nicht mochte.

Es war ihm gegenüber feindlich eingestellt und wirkte wie eine gewaltige Falle, die nur darauf wartete, endlich zuschnappen zu können, um ihn zu zermalmen. Er fürchtete sich nicht, aber er blieb auf der Hut und nahm jede Stufe sehr sorgfältig in Angriff. Bevor er sein Gewicht darauf verlagerte, prüfte er genau nach, ob sie auch hielt, und erst dann tat er den nächsten wichtigen Schritt.

Altes Fleisch, Moder, vermischt mit einem Uringeruch. Dieses verfluchte Haus ließ wahrlich nichts aus.

In der ersten Etage blieb Suko stehen. Gestank umwehte ihn auch hier, als wäre dieser eingepackt in dunstige Wolken. Ein Flur breitete sich vor ihm aus wie eine schmale Schlucht, an deren Ende er stand. Hier hatten früher einmal Menschen gewohnt, versteckt hinter vier Türen, die zu den Wohnungen geführt hatten. Die Wohnungen gab es noch, die Türen aber waren verschwunden. Statt dessen gähnten Suko dunkle Löcher an. Von der schmutzigen Decke über ihm hingen kaum sichtbare Spinn- und Staubfäden nach unten, deren Enden wie kribbelnde Fingerspitzen an Sukos Gesicht entlangstrichen. Er horchte in den Flur hinein, seine Sinne teleskopartig angespannt. Es war still. Wenn überhaupt, dann vernahm er nur sein eigenes flaches Atmen.

Und doch traute er dieser Stille nicht. Sie kam ihm zu unnatürlich vor, sie warnte ihn förmlich. Da mußte es einfach noch etwas anderes geben als eben nur diese gefährliche Ruhe.

Er konnte sich entscheiden. Weitergehen oder den Weg über die Treppe zurück nach unten.

Er wollte nicht kneifen, sondern ging weiter. Sehr vorsichtig gesetzte Schritte, keine Echos, nur ein geheimnisvolles Schleifen hinterließen seine Sohlen auf dem Boden.

Kurz vor dem Erreichen der ersten Tür blieb er stehen, denn er hatte etwas gehört.

Nichts gesehen, doch dieses Geräusch war für ihn Warnung genug. Aus einem der Zimmer an der rechten Flurseite war es gedrungen. Er lauschte noch intensiver und hatte das Glück, daß sich dieses Geräusch wiederholte. Es war sogar lauter geworden.

Da war jemand, dort lauerte jemand auf ihn. Suko konnte sich nicht vorstellen, daß dieses Geräusch von einem Tier abgegeben worden war. Irgend etwas geschah dort.

Seine Hand näherte sich der Waffe, stockte jedoch mitten in der Bewegung, weil er etwas anderes gesehen hatte.

Einen Schatten – oder . . .?

Etwa in Halshöhe schob er sich schabend um den Rahmen der Tür. Es war einfach zu dunkel, um ihn genauer zu erkennen. Durch ein ehemaliges Flurfenster nur sickerte das bleiche Mondlicht. Es war die einzige Lichtquelle.

Wer war es? Was war es?

Suko konzentrierte sich. Er blieb in der Flurmitte stehen – und konnte den Schatten schließlich identifizieren.

Es war eine Hand.

Sie umklammerte den Türrahmen, und er konnte sogar die langen Finger erkennen.

Der Hand folgte ein Gesicht. Nicht schnell, sondern sehr gemächlich, als ließ sich der andere bewußt viel Zeit, um Suko noch weiter in Spannung zu versetzen.

Er konzentrierte sich auf die Züge. Viel war nicht zu erkennen. Sie wirkten wie ein graues Gespinst, als bestünde es aus zahlreichen Spinnweben, denen eine bestimmte Form gegeben worden war. Es verschmolz zum Teil mit dem Türrahmen, und Suko sah einen Mund, der sich grinsend in die Breite zog.

»He, wer bist du?«

Das Gesicht blieb und grinste. Eine Antwort bekam Suko nicht. Er dachte darüber nach, wer dieser Mann sein konnte. Möglicherweise ein Penner, der sich diesen Raum als nächtliche Unterkunft ausgesucht hatte. Doch daran wollte er nicht glauben. Alles, was in diesem Haus geschah, mußte mit bestimmten Dingen zusammenhängen, die sich irgendwann in dieser Nacht noch auf der Straße ereignen würden.

Das Grinsen blieb und verschwand erst dann, als sich das Gesicht zurückzog.

Suko kam sich ›verarscht‹ vor. Er war wieder allein, man hatte ihm einen Lockvogel präsentiert, der kurz aufgetaucht und dann wieder verschwunden war.

Was sollte er tun?

Es gab nur die eine Möglichkeit, wenn er den Lockvogel erwischen wollte. Rein in das Zimmer.

Und Suko ging vor. Mit einer blitzschnellen Drehung erreichte er die Türschwelle und blieb dort stehen.

Seine Mundwinkel zuckten, als er den Gestank wahrnahm, der ihm da entgegenwehte. Ein widerlicher, alter, muffiger und abgestorbener Geruch, als hätten hier jahrelang Lumpen gelagert. Es war nicht der Gestank verwesender Leichen, was Suko wiederum positiv vermerkte.

Das Zimmer war nicht leer. Er sah den Dreck, den Unrat als undeutliche Gebilde an den verschiedenen Stellen aufragen. Er hörte auch noch andere Dinge, wie das heftige Trippeln der kleinen Füße. Wahrscheinlich hatte er irgendwelche Mäuse gestört, wohl kaum Ratten, die hielten sich meist in den Kellern auf.

Wo verbarg sich der Typ?

Suko konnte ihn nicht sehen. Sicherlich lauerte er irgendwo in einer Ecke, denn dort lauerten die tiefsten Schatten. Bisher hatte Suko seine kleine Leuchte nicht eingeschaltet. Jetzt holte er sie hervor, obwohl es ein Risiko war, den Lichtstrahl wandern zu lassen. Er knipste sie an und folgte dem dünnen, erstaunlich hellen Band mit seinen Blicken. Er wollte sehen, wohin er leuchtete, und entdeckte tatsächlich nur Unrat. Als er den Strahl nach links schwenkte, gerieten zwei Füße in sein Sichtfeld, die in halb zerstörten Schuhen steckten. Bei dem linken fehlte die Sohle.

War das der Penner, der ihm zugewinkt hatte? Der Strahl glitt über die Gestalt hinweg in Richtung Kopf. Suko wollte das Gesicht sehen und wollte zudem erkennen können, wie er reagierte.

Der Mann blieb liegen.

Nur sein Gesicht schaute wie ein blasser Teigfleck aus dem Gestrüpp hervor, das aus Bart und Haaren gebildet wurde. Beides wuchs ineinander. Der Mund war kaum zu sehen, die Nase ebenfalls nicht, und die Augen wirkten wie glitzernde Punkte.

Dann lachte der Knabe, bevor er einen Arm hob und die Hand in den Strahl hielt, weil er sich vor der Blendung schützen wollte. Sein Mund bewegte sich, weil er die Zunge hervorstreckte und über die Lippen leckte wie eine Katze nach einem guten Mahl.

»Mach doch die Laterne aus!«

Das tat Suko nicht. Er veränderte nur die Richtung und leuchtete die Brust des Liegenden an.

Zwei kleine Schritte ging er nach vorn. Da knirschte unter den Füßen der Dreck, und mit der rechten Schuhspitze schob er einen im Wege stehenden angefaulten Karton zur Seite.

Der Gestank im Zimmer war kaum zu ertragen. Ein Teil von ihm strömte auch aus der alten, schimmligen und feuchten Matratze, auf der dieser fremde Penner lag. Aber in den Ecken lauerte er ebenfalls wie eine dumpfe unsichtbare Wolke.

»Zufrieden?« fragte Suko.

»Ja.«

»Dann kann ich dich ja etwas fragen.«

Der Penner breitete im Liegen die Arme aus. »Versuche es, mein Freund. Versuche es nur. Ich bin ganz Ohr.« Er kicherte. »Gefällt dir unsere Welt?«

»Kaum.«

»Warum bist du gekommen?«

»Um dich zu treffen.«

Von der Matratze her schallte ihm ein Glucksen entgegen, was wohl ein Lachen sein sollte. Der Mann zog die Beine an, umschlang beide Knie und richtete sich auf. »Glaube ich nicht«, flüsterte er. »Ich glaube nicht, daß du deswegen gekommen bist.«

»Warum hätte ich sonst hier auftauchen sollen?«

»Du wolltest ihn sehen. Kann ich auch verstehen. Er ist nämlich außergewöhnlich.«

»Wer ist er?« fragte Suko.

»Der Götze!«

Suko erwiderte zunächst nichts. Er war überrascht,

denn zum erstenmal hatte er etwas davon mitbekommen. Er dachte an die Prozession und fragte sich, ob sie dem Götzen galt.

»Wer ist er?«

»Kennst du ihn nicht?«

»Nein.«

Der Penner gab ein bedauerndes Grunzen von sich. »Für wen hältst du mich eigentlich?« fragte er dann.

»Muß ich dir das sagen?«

»Nein, du brauchst es nicht.« Die Antwort war von einem fast fröhlichen Lachen begleitet. »Aber ich weiß genau, für wen ich dich halten kann, mein Freund.«

»Ich bin gespannt.«

»Für ein Opfer.«

»Eures Götzen?«

»Klar, der ist gierig, Meister. Der ist sogar sehr gierig. Der will Menschen haben. Das war schon immer so, da kannst du zurückgehen bis zur Steinzeit.«

Suko nickte. »Steinzeit, ach so.«

»Glaubst du mir etwa nicht?«

»Es fällt mir zumindest schwer«, gab Suko zu. »Mit der Steinzeit habe ich nichts am Hut.«

»Aber er.«

»Dann stammte er aus der Steinzeit?«

Der Bärtige hob die Schultern. »Manche behaupten, daß er sogar noch älter wäre.«

»Wie schön für ihn. Hat er auch einen Namen?«

Der Mann auf der Matratze antwortete mit einem sehr bedächtigen Nicken. »Ja, das hat er. Wir nennen ihn das Stonehenge-Monstrum. Damit ist wohl alles gesagt – oder?«

»Meinst du?« Suko schüttelte den Kopf. Er dachte daran, daß er einen wichtigen Hinweis bekommen hatte und beschloß, so einfach nicht aufzugeben. »Für dich mag alles gesagt sein, nicht für mich. Ich kann mich darin nicht einfügen, ich komme nicht zurecht.« Er hob die Schultern. »Mit diesen Dingen hatte ich nichts zu tun. Ich habe wohl von Stonehenge gehört, ich weiß auch, wo es liegt, ich weiß, daß sich dort große Steine gruppieren, die man Menhire nennt, aber von einem Monstrum habe ich bisher noch nichts gehört. Die Steine sind sehr geheimnisvoll, das steht fest, doch alles andere kann ich nicht glauben.«

Hier log Suko bewußt, denn er und sein Freund, John Sinclair, waren schon des öfteren mit dem Stonehenge-Grauen konfrontiert worden und hatten erlebt, daß dieser Ort doch seine Geheimnisse verbarg, die man nur hervorlocken mußte.

Der Mann auf der Matratze hob die Schultern. Dabei grinste er wissend. »Das ist mir alles egal, du aber solltest es hinnehmen, ob mit oder ohne Wissen. Du kommst uns gerade recht, mein Lieber, das will ich dir mal sagen.«

»Wieso ich?«

»Weil er dich vernichten wird.«

»Töten also?«

»Nicht nur das.« Der Mann rollte mit den Augen. Sie bekamen dabei sogar einen gewissen Glanz. »Das Töten wäre zu einfach, er wird dich zu sich holen und dich fressen. Dich einfach verschlingen und zermalmen. Er steht auf Menschen.«

»Wie schön.«

Der Knabe drohte ihm mit dem Zeigefinger. »Nimm es nicht zu leicht, mein Freund. Nimm es nur nicht zu leicht, das sage ich dir. Schon andere haben versucht, ihm zu trotzen, es ist ihnen nicht gelungen. Er war immer stärker.«

»Wann wird es erscheinen?«

»Heute nacht noch.«

»Wie?«

»Seine Diener werden es rufen. Sie bringen ihn her. Sie bereiten die Prozession vor. Sie wird an diesem Haus vorbeikommen, und die Zuschauer werden ihm zuwinken und in Ehrfurcht erstarren. Sie wissen, wer ihnen da entgegenkommt.«

»Ja, das ahne ich auch.«

»Du hättest verschwinden sollen. Dieses Haus ist nichts für dich. Es gehört uns, es ist . . .« Er sprach nicht mehr weiter, dafür verstärkte sich sein Grinsen.

Suko sah keinen Grund für diese Reaktion, deshalb warnte ihn sein Gefühl.

Zu spät, denn plötzlich hörte er hinter sich das Geräusch und nahm im selben Moment den Windzug wahr.

Er wußte, was kommen würde. In den nächsten beiden Sekunden dehnte sich die Zeit unwahrscheinlich lang, als wollte sie Suko bewußt foltern. Er befand sich in einer Schräglage, als ihn der wuchtige Hieb genau im Nacken erwischte.

Suko konnte viel einstecken, das aber war auch für ihn zuviel. Er fiel nach vorn, und abermals kam es ihm vor, als würde er sehr langsam fallen, denn er bekam noch mit, wie sich der Kerl von seinem schmutzigen Bett erhob und sich seine Gestalt vor Sukos Augen veränderte. Sie zog sich in die Länge und nahm dabei eine flaschenförmige Form an. Das Gesicht war ebenfalls in die Länge gezogen, der Mund und die Augen kamen Suko vor, als sähe er sie als Abbild in einem Zerrspiegel auf dem Jahrmarkt.

Dann fiel er zu Boden.

Dort blieb er liegen.

Der Penner schaute über die Gestalt hinweg auf eine

zweite, die hinter Suko gelauert hatte. »Gut gemacht«, lobte er den Mann, der die Holzkeule langsam sinken ließ . . .

Whisper sagte nichts, auch ich schwieg, aber mich durchtoste ein Sturm von Gefühlen. Ich kam mir vor wie in einer Zange, in der sich trotzdem alles zu einem gewaltigen Orkan vereinigt hatte, der allerdings von den beiden Hälften zurückgedrückt wurde.

Es war sehr stickig in der Straße. Ich hatte schon seit einiger Zeit stark geschwitzt, doch ich hätte nicht gedacht, daß der Schweiß noch mehr Nachschub bekommen würde. Es lag diesmal nicht an der schwülen Hitze, sondern tatsächlich an der Angst, die ich um Suko hatte. Er war verschwunden, und es konnte durchaus möglich sein, daß er in die Falle gelaufen war.

Whisper sah mir an, daß es in mir tobte. Er hob die Arme und hätte sich dabei am liebsten in das Gestein der Hauswand gedrückt. Weil dies nicht möglich war, blieb er stehen und flüsterte mir die Worte scharf und schnell zu. »Ich kann nichts dazu, wirklich nicht. Ich . . . ich habe euch sogar gewarnt, das mußt du mir glauben, zum Teufel.« Er nickte heftig. »Dein Freund hätte nicht von hier verschwinden sollen. Er ist in die Falle gelaufen.«

»Das weiß ich jetzt.«

Whisper rieb über sein Kinn und rückte die Mütze zurecht. Wahrscheinlich aus Verlegenheit. »Du hast noch deine Chance, John. Du hast sie wirklich. Nutze sie.«

»Welche?«

»Hau ab!« Er winkte hektisch mit beiden Händen. »Hau einfach ab, dann ist alles okay.«

»Und weiter?«

»Wenn du wiederkommst, bitte nicht allein. Bring eine halbe Armee mit. Noch ist es Zeit. Wenn sie einmal da sind, dann hast du verloren. Das steht fest, John.«

Ich hob die Augenbrauen und versuchte so gut wie möglich in Whispers Gesicht zu schauen. Bedächtig schüttelte ich den Kopf. »Nein«, sagte ich leise, »das stimmt nicht. Das ist nicht meine Art, jemand im Stich zu lassen. Du hast mir von der Falle erzählt. Okay, dann will ich auch wissen, wie sie aussieht.« Es war für mich nicht einfach zu warten, aber ich mußte mehr wissen, wenn ich Suko effektiv helfen wollte.

»Er ist hier in das Haus gegangen.«

»Weiß ich selbst. Weiter . . .«

»Jedes Haus ist für einen Fremden eine Falle, John. Das solltest du verdammt gut wissen.«

»Was hat man mit ihm gemacht?«

»Weiß ich nicht.«

»Was könnte man mit ihm gemacht haben?«

»Wer weiß – wahrscheinlich ist er bewußtlos. Das kann ich mir sehr gut vorstellen.«

Ich auch, aber ich wollte es nicht so einfach hinnehmen und drehte mich deshalb um, weil mich der Eingang lockte. Auch Whisper erkannte mein Vorhaben. Er wollte mich zurückhalten, indem er mir eine Hand auf die Schulter legte, die ich aber abschüttelte und ihm so klarmachte, was ich davon hielt.

»Du willst tatsächlich gehen?«

»Sicher. Und zwar mit dir, nicht allein.« Bevor er sich versah, hatte ich sein Handgelenk umklammert und zerrte ihn mit. Für einen Moment stemmte er die Hakken ein, um seinen Widerstand zu zeigen. Der aber war schnell gebrochen.

»Warum tust du das?« keuchte Whisper.

»Aus Gründen der Sicherheit, mein Freund. Ich will nicht, daß du andere warnst.«

»Das hätte ich nie getan, niemals, und das weißt du genau, verflucht noch mal.«

»Wir werden sehen.« Ich zerrte ihn weiter, und er stolperte an mir vorbei in das Haus hinein, wobei er noch auf die Tür trat und sie mit polternden Schritten überquerte. Dabei flüsterte er Worte und Verwünschungen, die ich nicht verstand. Das war mir alles egal. Mir ging es darum, Suko zu finden.

Und genau die Chancen standen schlecht. Schon beim Eintritt in das Haus spürte ich, daß hier meine Chancen sehr gering waren. Es war ein Gefühl, das mich überkam und gegen das ich mich auch nicht mehr wehren konnte. Hier hatte sich etwas getan, mit dem ich nicht zurechtkam. Ein gewaltiges, stinkendes Grab tat sich vor mir auf. Wer oder was hier existierte, war dem Tod näher als dem Leben.

Fäulnis, Moder, Verderben.

Ich stieß Whisper voran. Er bewegte seine Beine automatisch und stolperte auch. Am brüchigen Geländer der Treppe hielt er sich soeben noch fest.

Ich schob ihn weiter.

»Die Stufen sind nicht okay«, sagte er.

»Deshalb gehst du auch vor.«

»Witzig.« Er drehte sich um und erschrak, weil er in die Mündung meiner Beretta schaute.

»Dazu willst du es doch nicht kommen lassen – oder?«

»Glaube ich nicht.«

»Dann hoch mit dir.«

Er nickte ergeben und machte sich auf den Weg. Die Stufen waren brüchig, aber das zählte für mich nicht. Ich wollte ihn vor mir haben, und ich wollte auch, daß er ein gewisses Tempo beibehielt, denn für mich war jede Sekunde kostbar. Es ging möglicherweise um Sukos Leben, da reagierte ich allergisch.

In der ersten Etage blieb Whisper stehen. »Hier muß es passiert sein«, erklärte er.

»Woher weißt du das?«

Er deutete auf die Treppe, die keine mehr war. Da hingen die Stufen und das Geländer nur mehr als Fragmente nach unten. Eine kräftige Windbö hätte sie durchaus zerstören können.

Vor uns öffnete sich ein Flur. Vier Türen sah ich. Nein, vier Löcher, die Türen waren nicht mehr da.

Ich drückte ihm die kühle Mündung in den Nacken. »Weitergehen, Whisper.«

»Er ist schon weg.«

»Woher weißt du das?«

»Ich spüre es.«

»Du gestattest, daß ich mich davon selbst überzeuge?«

»Klar doch.«

Er machte sich auf den Weg. Wir betraten das erste Zimmer, und ich wurde dabei an eine stinkende Höhle erinnert. Ein viereckiges Loch, zwischen dessen Wänden der Gestank hing wie alte Gardinen. Noch etwas anderes roch ich. Es war der Hauch von einem Duschgel, das Suko benutzte. Wir hatten uns beide vor diesem Einsatz geduscht. Für mich stand fest, daß sich mein Freund hier aufgehalten hatte.

Ich stieß Whisper zur Seite, bis er gegen die Wand prallte. »Bleib da stehen.«

»Keine Sorge, ich haue nicht ab.«

»Wie schön.«

Dann leuchtete ich das Zimmer aus. Abfall, eine alte Matratze, kleine Mäuse, die sich durch die plötzliche

Helligkeit erschreckt hatten und davonhuschten. Sie verschwanden unter zahlreichem Gerümpel, das bestialisch stank.

Mein Magen lag wie ein Klumpen im Körper. Er hatte sich verhärtet und schien zu Stein geworden zu sein. Auf dem Rücken klebte der kalte Schweiß. Kein Luftzug wehte durch das zur Straße hin liegende Fenster. Wenn es Spuren gab, so übersah ich sie, weil das Durcheinander hier einfach zu groß war.

Dreimal durchleuchtete ich den Raum, bis der Lichtschein auf Whispers Gestalt hängenblieb. »Verdammt, lösch die Funzel. Ich bin doch kein Schauspieler.«

»Davon gehe ich aus.« Ich senkte die Lampe und schaltete sie ab. »Kommen wir zu uns beiden, Freund. Du hast gewußt, daß sich deine Freunde den Inspektor holten . . .«

»Es sind nicht meine Freunde.«

»Ist mir egal. Jedenfalls hast du es gewußt.«

»Geahnt«, sagte er. »Ich habe es nur geahnt. Mehr nicht. Das darf man doch – oder?«

»Klar, mein Freund. Falls man nicht selbst mitten im Dreck sitzt. Und bei dir bin ich mir nicht so sicher.«

Er hob seine Arme, als würde er bedroht. »Nein, John, ich habe immer für euch gearbeitet. Das tue ich auch jetzt noch, verdammt. Hätte ich mich sonst gemeldet? Ich will nicht, daß das Grauen hier Einzug hält. Kannst du das nicht verstehen? Es ist auch mir unheimlich, denn ich kann es nicht überblicken.«

»Aber du weißt verdammt gut Bescheid.«

»Klar, weil ich in dieser Gegend lebe. Es ist meine Heimat oder so ähnlich. Ich bin darüber informiert, was hier läuft, auch über das erwachte Grauen.«

»Das Monstrum?«

»Ja, sie verehren es. Sie haben doch nichts gehabt. Sie

waren immer die Schwachen, die Getretenen. Jetzt haben sie die Chance gesehen, aus dieser Scheiße herauszukommen. Ist es denn so schwer für dich, das alles zu begreifen?«

»Im Prinzip nicht. Aber ich gehöre zu den Menschen, die dagegen etwas tun.«

Whisper sah aus, als wollte er mich auslachen. »Toll, gratuliere. Du bist stark oder hältst dich für stark. Aber das hat dein Freund auch getan. Er war es nicht.«

»Ich weiß. Er kann auch nicht spurlos verschwunden sein. Er hat sich bestimmt nicht in Luft aufgelöst, und deshalb würde es mich interessieren, wo er sich befindet.«

»Sie haben ihn weggeschafft.«

»Das nehme ich dir ab. Wie und wohin?«

Whisper kam einen Schritt vor. »Wie?« Er lachte. »Das kann ich dir sagen, John. Man wird ihn niedergeschlagen haben. Danach war dann alles geritzt.«

»Wie sind sie denn aus dem Haus gekommen?«

»Von hier oben.«

»Da du dich so gut auskennst, kannst du mir den Weg auch zeigen, Whisper.«

»Klar, mache ich.« Er rückte seine Strickmütze zurecht. »Aber tu du mir auch einen Gefallen.«

»Welchen?«

»Nimm die Kanone weg. Sie . . . sie macht mich verdammt nervös. Ich komme damit nicht zurecht.«

Ich glaubte nicht, daß er mich angreifen würde, nickte und steckte die Waffe ein.

»Jetzt geht es mir besser«, sagte er.

»Dann los!«

Er schlich an mir vorbei in den stinkenden Flur. Hier stand die Luft. Es herrschte kein Durchzug, obwohl die Türen der Räume nicht mehr vorhanden waren und es auch keine Fenster mehr gab, sondern nur mehr viereckige Löcher. Was nicht niet- und nagelfest war, hatte man aus den Räumen herausgeholt.

Wir beide bewegten uns auf das Ende des Ganges zu, der mit einer schmalen Tür dort abschloß. Erst beim Näherkommen sah ich, daß sie nicht mehr vorhanden war, und als ich die kleine Leuchte einschaltete, da strahlte der Schein in einen viereckigen Raum, der sehr kleine Ausmaße hatte und durchaus als Toilette hätte dienen können.

Es war eine Toilette. Nur hatte man alles herausgerissen. Ich sah nur die offenen Rohre, die aus der Wand glotzten wie düstere Kreise. Dann gab es da noch die viereckige Öffnung in der Wand, wo früher einmal ein Fenster gewesen war.

»Hier?« fragte ich.

»Klar.«

Ich wollte es genau wissen und lehnte mich zusammen mit Whisper nach draußen.

Das tat ich deshalb, weil ich ihn nicht in meinem Rücken haben wollte.

Schon beim ersten Blick nach rechts wußte ich Bescheid, denn an der Hauswand hing etwas Glänzendes, das nach unten in die Tiefe führte, eine Feuerleiter.

Daß diese noch nicht entfernt worden war, dafür gab es praktische Gründe. Sie diente als Fluchtweg, denn irgendwo mußten die zweibeinigen Ratten den Stall ja verlassen.

»Okay?« fragte er.

»Ja, ich weiß Bescheid.«

»Ist ja toll.« Er grinste mich an. »So leer es hier auch aussieht, John, du mußt dir merken, daß es Leute gibt, die alles sehen und ihre Augen überall haben.«

»Das merke ich schon.« Obwohl es ein Risiko war,

leuchtete ich senkrecht in die Tiefe, weil ich damit rechnete, irgendwelche Spuren zu entdecken.

Es war nichts zu sehen. Unter mir lag ein Hinterhof, und sein Boden sah aus, als wäre er eine gewaltige Schlammpfütze, die in einem Hang aus Abfall endete.

Von Suko sah ich nichts. Dafür aber zwei Lücken, wahrscheinlich schmale Durchgänge zu anderen Hinterhöfen, die sich hier in der Gegend verteilten.

Als ich mich zurückdrückte, folgte der Informant meinem Beispiel. »Da hast du es«, sagte er, »sie arbeiten ohne Spuren. Sie sind lautlos wie die Nacht.«

Ich blickte ihn scharf an. »Trotzdem würde mich interessieren, wo sich mein Freund befinden könnte.«

»Beim Götzen.«

»Tot oder lebendig?«

»Ich will dir zwar keine Hoffnung machen, aber ich glaube trotzdem, daß er noch lebt.«

»Wieso?«

»Sie haben ihn sich als Opfer ausgesucht. Ein Fremder hier ist für sie wie Frischfleisch für die Löwen. Sie haben ihn überwältigt und werden ihn noch lebend vor den Götzen legen. Dann werden sie das Ritual einleiten und den Götzen dazu veranlassen, daß er ihn zerreißt oder frißt.« Whisper zerrte die Lippen auseinander und grinste wölfisch.

In meinem Hals spürte ich das schmerzhafte Kratzen, als hätte ich Stacheldraht verschluckt. »Du weißt alles sehr genau, Whisper.«

»Klar doch«, erwiderte er nickend. »Das weiß ich auch. Ich habe mich eben informiert.«

»Worüber?«

»Sag' ich dir gleich.« Er schaute noch einmal aus dem Fenster und schnüffelte. Als er sich umdrehte, hatte er die Augenbrauen angezogen, gab aber keinen Kommentar über seine letzte Reaktion ab. »Also gut, John, hör zu. Es gibt eben gewisse Dinge, die muß man sich ansehen und anhören, um mehr zu erfahren. Dazu gehört eben, daß man Augen und Ohren offenhält. Ich habe erlebt, wie der Götze tötet.«

»Wen killte er?«

»Männer, auch Frauen.«

»Und das hat niemand gemerkt.«

Beinahe mitleidig schaute er mich an. »In welch einer Welt lebst du, Bulle? In welch einer komischen Welt?« Er schüttelte den Kopf. »Das ist doch lächerlich. Wem fällt es denn auf, wenn hier ein paar zweibeinige Ratten verschwinden? Keinem. Oder weißt du nicht, daß in London zahlreiche Menschen über den Jordan gehen. Sie werden aus der Masse weggezogen, und es ist auch niemand da, der sie vermißt. Das sollte dir als Polizist doch klar sein.«

»Ja, das weiß ich.«

»So geht es auch hier. In diesem Viertel lebst du nur für dich. Da sind nicht nur die Ratten deine Feinde, sondern auch die Menschen. Das solltest du wissen. Die Freunde des Götzen bestimmen, wen sie opfern. So war das immer, und so wird es auch bleiben.«

Ich nickte. »Verstanden. Trotzdem werde ich meinen Freund suchen, und wenn ich jedes Haus einzeln auf den Kopf stelle.«

»Quatsch.«

»Nicht allein, ich werde . . .«

»Nichts wirst du, John, gar nichts.« Er ging auf das Fenster zu und lauschte in die schwüle Finsternis hinein. Ich wartete hinter ihm. Es war Unsinn, was ich da gesagt hatte. Ich wußte, daß ich dies nicht durchhalten konnte, dazu war die Zeit einfach schon zu weit fortgeschritten. Wir befanden uns bereits im Endstadium.

Whisper richtete sich wieder auf. Spannung lag auf seinem Gesicht, als er mich anblickte. »Es ist bald soweit, John, ja, es dauert nicht mehr lange. Du kannst deine Pläne einmotten. Es wird kein Zurück mehr geben für dich.«

»Wann ist es soweit?«

Er streckte den rechten Zeigefinger in die Höhe. »Sie werden kommen, Polizist. Sie sind bereits auf dem Weg. Du kannst sie nicht sehen, aber wenn du gute Ohren hast, wirst du sie hören.«

Diesmal traute ich ihm und wandte ihm meinen Rükken zu, als ich mich aus der Fensteröffnung beugte und hinein in die stehende Dunkelheit lauschte.

Zuerst dachte ich, mich geirrt zu haben, denn ich hörte rein gar nichts. Dann aber vernahm ich in der Ferne und weit über den Dächern klingend ein Murmeln und Brausen, ein Konglomerat verschiedener Geräusche, die doch irgendwie gleich waren.

Stimmen . . .

Singsang, leise, dumpf und auch gefährlich . . .

Sie kamen!

Ich drehte mich wieder um. Whisper wartete hinter mir im Flur. Er war nervös geworden. Zwar hingen seine Arme wie starre Stücke zu beiden Seiten des Körpers herab, aber die Hände gaben seine inneren Gefühle wieder, denn sie zuckten. Sie ballten sich zu Fäusten, sie öffneten sich wieder, sie schlossen sich erneut. Ein Wechselspiel, ein Zeichen seiner Angst und Nervosität.

Ich ging auf Whisper zu. Wenn ich an Suko dachte, wurde mir ganz anders. Leider gab es keine andere Möglichkeit für mich, ich mußte mich auf ihn verlassen, und ich saugte die Luft durch meine Nasenlöcher ein, was ihn zu einer Bemerkung veranlaßte.

»Sieht verdammt schlecht aus, wie?«

»Es könnte besser aussehen«, gab ich ihm recht. »Aber ich will, daß es besser aussieht.«

Er lachte und schüttelte den Kopf. »Glaubst du denn noch immer, etwas ändern zu können.«

»Das glaube ich tatsächlich.«

»Weißt du denn, wie viele gegen dich stehen werden?« Er kam auf mich zu. »Nicht zehn, nicht zwanzig, sondern die doppelte Menge. Sie alle lieben den Götzen. Sie alle fühlen sich durch Stonehenge befreit und aus ihrer verdammten Lage gerissen. Das Monstrum oder der Götze weiß genau, was getan werden muß. Du wirst, wenn du dich gegen sie stellst, auf Fanatiker stoßen, für die ein Menschenleben Kleinkram ist, weil es allein um den Erfolg des Götzen geht. Erst wenn sie ihn zufriedengestellt haben, geht es ihnen gut.«

»Es soll ihnen aber nicht gutgehen.«

»Komm runter von deinem hohen Roß, Polizist. Du kannst daran nichts ändern. Du nicht.«

»Doch, und ich bin nicht allein.«

»Tatsächlich?«

»Du wirst mir helfen, Whisper.«

Es verschlug ihm die Sprache. Ich sah, wie er an meinen Worten zu kauen hatte. Und als er schluckte, bewegte sich sein Adamsapfel auf und nieder. Meine Forderung hatte ihn hart getroffen, denn damit hatte er nicht gerechnet. »Nein, John, nein, das kann ich nicht. Das will ich auch nicht, wenn du verstehst. Ich kann dir nicht helfen, denn ich habe dir schon lange genug zur Seite gestanden. Das ist nicht mehr möglich, zum Teufel.«

»Schließen wir einen Kompromiß?« Zwingen konnte ich ihn nicht, das hatte ich eingesehen.

»Welchen?«

»Sie werden sich doch irgendwo treffen, denke ich. Oder ziehen sie weiter durch die Gassen dieses Viertels?«

»Das nicht.«

»Hervorragend. Dann wirst du mich zu diesem Treffpunkt bringen, damit ich sie dort erwarten kann.«

Er knetete und rieb seine Hände, als wollte er Gicht aus seinen Fingern treiben. »Das ist verflucht viel verlangt.«

»Überhaupt nicht!«

Ich hatte eine sehr scharfe Antwort gegeben, und Whisper starrte mich erschreckt an. »Verdammt noch mal«, sagte er, »verdammt noch mal. Du bringst mich in die größte Zwickmühle meines Lebens. Ich ... ich komme da nicht mehr mit.«

»Das ist allein dein Bier.«

»Okay, okay.« Er senkte den Kopf, starrte zu Boden und hob gleichzeitig die Schultern. »Ich bin ein armes Schwein, das habe ich immer gewußt. Hätte ich mich doch nicht mit den Bullen eingelassen, dann ...«

»Du hast es nicht ohne Gegenleistung getan, Whisper, und dafür auch kassiert.«

»Scheiß Geld.«

»Geh jetzt!«

Noch einmal verdrehte er die Augen, schüttelte den Kopf und drehte sich um.

Er trottete vor mir her, hielt den Kopf gesenkt wie jemand, der deprimiert ist. Das mochte der Fall sein, und trotzdem traute ich ihm nicht. Whispers Angst stand als dritter Begleiter zwischen uns. Aus Erfahrung wußte ich, daß Menschen, die mit der Angst zu kämpfen haben, oft falsch reagieren. Auch bei ihm rechnete ich mit allem. Er konnte plötzlich durchdrehen und einfach weglaufen. Vielleicht schreiend auf die Straße rennen und eben durch seine Schreie die anderen warnen. Das alles war möglich, und dem wollte ich aus dem Wege gehen, deshalb behielt ich ihn unter Kontrolle und blieb auch stets dicht hinter ihm.

Wir gingen über die altersschwache Treppe. An deren Fuß und dicht vor der zerstörten Haustür drehte er sich noch einmal um. »Bist du dabei geblieben?«

»Ja.«

Whisper hob nur die Schultern. Er drückte sich durch das düstere Viereck nach draußen, wo er zunächst einmal stehenblieb, den Kopf nach rechts und links bewegte und dabei aussah, als würde er schnuppern.

»Ist was?«

»Noch nicht.«

Trotzdem hatte sich etwas verändert. Ich sah die Zuschauer nicht mehr vor ihren Häusern. Sie hatten sich zurück in ihre Löcher gezogen und warteten.

Davon ging ich aus, aber Whisper schüttelte den Kopf, als ich ihn darauf ansprach. »Nein, da hast du unrecht. Sie sind bereits da, sie warten auf den Götzen.«

»Und da gehen wir auch hin.«

»Ja.«

In der Stille hörten wir jetzt den Singsang. Er war lauter geworden, seine Monotonie aber war geblieben. Ich schaute nach links, denn von dort wehte das Echo des Gesangs auf uns zu.

Es hörte sich dumpf an, monoton und böse. Dieser Gesang war dafür da, um Urängste zu wecken, um all die Menschen auf das vorzubereiten, was ihnen bevorstand.

Ein Opfer, eine schreckliche Bluttat, damit der Götze befriedigt wurde. Nicht mit mir, so dachte ich und ahnte noch nicht, was wirklich auf mich zukam.

Ich stieß Whisper an, der heftig unter dem leichten Stoß zusammenzuckte. »Was ist los, John?«

»Ich will weg von hier.«

Er nickte und fügte sich in sein Schicksal . . .

Wir hatten den Ort erreicht, und ich mußte zugeben, daß ich ihn allein kaum gefunden hätte, weil mir einfach die Ortskenntnisse fehlten. Er lag irgendwo zwischen alten Häusern, Baracken und halb zusammengestürzten Bauten.

Wir hatten unseren Beobachtungsplatz auf einem alten Teerdach gefunden. Von der Rückseite her hatten wir das Dach erklommen, nachdem wir uns davon überzeugt hatten, daß keine Aufpasser in der Nähe lauerten. Auf dem Bauch waren wir vorgerobbt bis zu dessen Rand und konnten nach unten schauen.

Ich hatte das Gefühl, auf einer noch heißen Matte zu liegen, denn das Dach hatte die Hitze des vergangenen Tages gespeichert. Ich kam mir vor wie in einer Sauna, umgeben von gewissen Dämpfen, die meine Lungen malträtierten. Der Teergeruch widerte mich schon nach wenigen Sekunden an, auch Whisper erging es nicht besser. Er mußte husten, konnte ihn aber gerade noch unterdrücken. In der Stille hätte man ihn sonst zu weit gehört, und darauf warteten die Diener des Stonehenge-Monstrums nur.

Noch hörten wir die Prozession nur, aber wir konnten ihren Weg auch anders verfolgen. Da brauchten wir uns nur am Widerschein der Fackeln zu orientieren, die die Diener mit sich trugen und deren zuckendes Licht ihren Weg kennzeichnete.

Der Schein schwebte über die zumeist niedrigen Dächer hinweg. Er kam mir vor wie ein sehr böses

Omen oder eine Falle, die sich uns immer mehr näherte. Das merkten auch die unter uns Wartenden. Whisper hatte mir erklärt, daß es die Leute von der Straße waren, die den Götzen empfangen wollten. Sie gehörten noch nicht zum inneren Kern seiner Dienerschaft, doch jeder, der hier wartete, wollte irgendwann einmal aufgenommen werden. Und so vergrößerte sich die Gemeinde des Stonehenge-Monstrums immer mehr. Ich hatte Zeit, über den Begriff nachzudenken. Stammte dieser Götze tatsächlich von Stonehenge? Daran konnte ich nicht so recht glauben. Wer konnte denn mit Bestimmtheit sagen, was dort tatsächlich zwischen den hohen Steinen lauerte?

Ich nicht. Ich hatte einfach zu wenig Erfahrung, obwohl uns einige Fälle dorthin geführt hatten. Durch Whisper wußte ich, daß eine Spur zurück bis in die Eiszeit führen sollte. Ich lächelte nicht darüber, sondern ließ die Möglichkeit durchaus bestehen. Gerade in den letzten Monaten war ich mehr als einmal mit Ur-Dämonen konfrontiert worden, mit den Kreaturen der Finsternis, die es tatsächlich schon seit Urzeiten gab, und die es verstanden hatten, sich wunderbar zu tarnen. Sie hatten es geschafft, sich hinter menschlichen Gesichtern und Körpern zu verstecken. Ein besonders prägnantes Beispiel war Jessica Long gewesen, die lange Zeit hatte täuschen können.

Sollte dieses Stonehenge-Monstrum auch dazu gehören? Ich verwarf diesen Gedanken nicht und war dabei auf jede Überraschung gefaßt.

Noch immer hatte ich den Eindruck, am Dach zu kleben. Der Teergestank überdeckte alles andere. Ich verfluchte innerlich diesen Ort, mußte aber gleichzeitig zugeben, daß wir uns gar keinen besseren hätten aussuchen können.

Unser Blick glitt nicht nur in den Hof hinein, wir sahen auch das Ende, das nicht mehr als eine große breite Lücke war, als wäre dort eine Wand gesprengt worden.

Von dort mußten sie kommen.

Neben mir bewegte sich Whisper. Er schaute nicht nur auf seine Uhr, sondern auch mich an. Dabei grinste er wieder. »Du kannst dich freuen, Bulle, gleich ist es soweit.«

»Hoffentlich.«

»Freu dich nicht zu früh. Du wirst erleben, wie hilflos du bist. Der Götze ist stark, und seine Mitläufer bilden zusammen eine wahnsinnige Macht. Ich kenne das.«

»Hast du gesehen, wie man Menschen opferte?«

»Das sagte ich dir schon.«

»Warten wir es ab.«

Natürlich machte ich mir wegen Suko große Sorgen. Freiwillig war er bestimmt nicht mit ihnen gegangen, sie hatten ihn bestimmt niedergeschlagen, möglicherweise sogar getötet, und bei diesem Gedanken fiel mir wieder etwas ein.

Ich wandte mich an Whisper. Meine leise Stimme machte seinem Namen alle Ehre. »Sind die Menschen schon tot, die ihm geopfert werden?«

»Nein.«

Mir fiel ein kleiner Stein vom Herzen, und ich atmete ein wenig auf, denn somit war meine mir in den Sinn gekommene Ghoul-Theorie ad absurdum geführt worden.

Sie kamen.

Das Licht wehte ihnen voran. Es waren sechs Fackelträger, die das hohe Gestell umgaben, auf dem der Götze stand. Getragen wurde es von acht Männern. Auf ihren Schultern lagen die breiten Holzstangen, denn sie bildeten die Basis des Gestells. Ansonsten sah es aus wie ein Floß, hatte allerdings eine runde Rückwand, über die ich mich so laut wunderte, daß mich Whisper hören konnte.

»Du irrst dich, John, das ist keine Rückwand, sondern einzig und allein der Rücken des Götzen.«

»Rund?« wunderte ich mich.

»Ja . . .«

»Dann ist er ein Kopf, denke ich.«

»Kopf – und Maul!«

Ich hatte begriffen und schwieg. Unter uns hörten wir die knirschenden Schritte der Träger. Ihnen folgten die anderen, die Mitläufer, die Helfer und Diener des Monstrums, von denen ich mir keine Hilfe erwarten konnte.

Es paßte mir nicht, daß ich nur die Rückseite des Monstrums sah, das aber änderte sich, als hätten sie mir einen Gefallen tun wollen, denn sie blieben auf der Stelle stehen und drehten sich um.

Whisper stöhnte auf, hielt sich ansonsten zurück, was ich auch gut fand. Unter uns drehten sich die Träger um einhundertachtzig Grad. Meine Spannung wuchs, ich zog mich etwas zurück, richtete mich dafür weiter auf und bekam auf diese Art einen besseren Blickwinkel.

Zum erstenmal sah ich das Stonehenge-Monstrum. Von oben schaute ich auf diesen urzeitlichen Dämon herab, der eigentlich keiner war, sondern nur ein mannshohes Stück Stein, aber auch das nicht, denn bei genauerem Hinsehen erkannte ich im Licht des wabernden Fackelscheins durchaus ein Gesicht.

Ich hielt den Atem an.

Hatte nicht Whisper von einem Maul gesprochen? Es stimmte durchaus, denn das Steingesicht war mit einem mächtigen Maul versehen. In der unteren Hälfte stand es offen wie ein Scheunentor, in dessen Innern die Finsternis waberte. Die Tiefe war somit nicht zu bestimmen.

Ein Schlund . . .

Unheimlich und gespenstisch wie der Eingang zu einer anderen, einer traumatischen Welt.

Darüber zeichnete sich die Nase ab. Sie sah aus wie ein breiter Keil, der zur Stirn hin hochlief und sich dort verjüngte. Rechts und links vom Ende waren die Augen angedeutet oder in dieses Feld hineingeschlagen. Ovale, vorstehende Glotzer, die aussahen, als wollten sie jeden Moment aus den Höhlen hervorspringen. Sie waren leer. Trotzdem wurde ich den Eindruck nicht los, als läge darin ein kontrollierter Schrecken, der nur darauf wartete, von seinen geistigen Fesseln befreit zu werden.

Der Erschaffer dieses Gesichts hatte auch an alles gedacht und nicht die Haare vergessen. Sie wellten sich als dunkle Masse in die Höhe und bildeten die Form einer Kappe, die dem Steingesicht kurzerhand übergestülpt worden war.

Das Gesicht mochte schlimm und schaurig genug sein. Noch schauriger aber wirkte es durch den flakkernden Lichtschein, den die Fackeln von verschiedenen Seiten dagegen schleuderten und es aussehen ließen, als sollte es im Feuer geröstet werden.

Es geschah nichts.

Man wartete ab.

Auch das Gesicht des Götzen rührte sich nicht. Es blieb eine unheimliche Plastik, die eine schaurige Kälte ausströmte, der auch ich mich nicht entziehen konnte.

Whisper lag neben mir und hatte den Kopf gedreht. Auf seinem Gesicht war die Angst eingefroren. Die

Augen wirkten ebenso starr wie die des Monstrums, nur zeichnete sich in seinen Augen die blanke Furcht vor dem Kommenden ab.

»Ich kann nicht hinschauen!« hauchte er. »Spürst du es nicht auch, John? Von diesem Gesicht strahlt etwas Urböses ab, über das ich nicht hinwegkomme.«

»Möglich.«

Er sah aus, als wollte er lachen. »Willst du denn noch immer dagegen angehen?«

»Und ob.«

Ich wollte nicht mehr reden, denn ich hatte nicht allein das Gesicht des Götzen gesehen. Etwas anderes war viel schlimmer, auch wenn es beim ersten Hinschauen harmlos aussah.

Vor dem Gesicht lag ein dunkles Bündel, eine Gestalt, die die Beine leicht angezogen hatte. Die Gestalt bewegte sich nicht. Es gab zwei Möglichkeiten. Entweder war sie bewußtlos, oder aber man hatte ihr Fesseln angelegt.

Wie dem auch sei, beides war gleich schlimm, denn ich hatte gesehen, wer dort lag.

Mein Freund Suko!

Was mit ihm geschehen sollte, stand fest, doch dazu würde ich es nicht kommen lassen. Ich wartete noch ab, denn die Träger gingen auf einen geflüsterten Befehl hin in die Knie und stellten das wuchtige Holzgestell ab.

Erst jetzt konnte ich es mir genauer ansehen und entdeckte auch die vier Pfosten an den verschiedenen Enden, auf dem das Gestell schließlich ohne weitere Hilfe stehenblieb.

Die Fratze glotzte mich an.

Die Träger traten zurück.

Andere klemmten ihre Fackeln fest, doch in einer

günstigen Entfernung, damit ihr Lichtschein das Gesicht noch erreichen konnte und wieder ein Schleier darüber wehte.

Stille.

Die anderen Mitläufer hatten einen Halbkreis gebildet, in den jetzt auch die Fackelträger hineintraten und sich integrierten. So warteten sie auf das Kommende.

Ich sprang nicht nach unten, denn ich wollte abwarten, wie dieser erste Teil endete. Dabei ging ich einfach davon aus, daß dieses Wesen sein Maul noch nicht weiter aufreißen würde, um das Opfer zu verschlingen. Sicherlich würde ein Ritual eingehalten werden, und das wollte ich erst einmal über mich ergehen lassen.

Noch passierte nichts, bis einer aus der Menge vortrat und seinen rechten Arm anhob. Aus der geschlossenen Faust ragte so etwas wie ein Stock hervor. Er erinnerte mich an einen Zauberer, der es besonders spannend machte.

Ich blickte auf Whisper.

Der Informant lag mit funkelnden Augen auf dem Teerdach und schaute in die Tiefe. Immer wenn er Luft holte, hörte es sich an, als würde er Wasser schlürfen. Ruhig war er nicht. An seinen Armen zuckten die Muskeln, und die Lippen waren so fest aufeinandergepreßt, daß sie schon einen Strich bildeten. Ich hatte ihn noch etwas fragen wollen, doch die rauhe Stimme des Stabträgers hinderte mich daran. Er rief ein paar Worte, deren Klang sich zu einem Singsang vereinigte. Dabei hob er beide Arme an, senkte den rechten und deutete mit der Stabspitze auf das Gesicht.

Seine Stimme verstummte.

Keiner redete.

Die Stille machte diese schwüle Nacht noch drückender. Ich spürte den Schweiß auf meinem Nacken wie kalte Perlen. Vom langen Starren flackerte mein Blick, zudem brannten mir auch leicht die Augen, weil etwas von der salzigen Flüssigkeit hineingelaufen war.

Der Stab deutete noch immer auf das Gesicht, und wenn mich nicht alles täuschte, genau auf die Mitte.

Der Mann sprach wieder.

Er stand im Widerschein des Feuers, trug über dem nackten Oberkörper eine ärmellose Weste und sah aus wie ein Geist, der soeben den Flammen entstiegen war, wobei letzte Feuerschatten noch über seine Gestalt hinweghuschten.

Bisher hatte ich keinen Grund gesehen, weshalb dieser Mann den Stab festhielt. Wollte er seine Freunde nur auf bestimmte Dinge am Gesicht des Monstrums aufmerksam machen?

Das konnte ich mir nicht vorstellen und bekam sehr bald bestätigt, daß es einen anderen Sinn hatte.

Plötzlich glühte der Stab auf.

Dies geschah genau an seiner Spitze und nahm in der Länge etwa eine halbe Fingerlänge ein.

Es war ein ungewöhnliches Glühen, zumindest von der Farbe her. Nicht sehr intensiv rot, aber doch dominierend, während sich in der Mitte ein dunkles Grün ausbreitete, so daß die rote Glutfarbe wie ein Mantel wirkte.

Beide Farben fanden ihr Ziel, als hätte jemand eine Taschenlampe angeknipst, und sie endeten genau in der Fratzenmitte.

Der Punkt zeichnete sich genau auf der Nase ab, wanderte aber höher, als der Mann seine Hand bewegte, und berührte die Stirn, als wollte er ein Loch hineinbohren.

Wußte Whisper vielleicht, was das zu bedeuten hatte?

Ich wollte ihn fragen, erkannte aber im selben Augenblick, daß er nicht ansprechbar war, denn sein Gesicht hatte sich radikal verändert. Es war zu einer starren Maske geworden, in der die Augen künstlich wirkten.

Mein Informant hatte sich dem Bann des Götzen nicht entziehen können, und ich dachte daran, daß ich jetzt völlig allein auf mich gestellt war.

Das Sprechen des Stabträgers lenkte mich ab. Aus seinem Mund drangen dumpfe, singsangartige Laute, die dem Götzen wie ein uraltes Lied vorkamen.

Ich hatte mir schon längst darüber Gedanken gemacht, was dies bedeuten könnte und kam jetzt zu einem Entschluß. Dieses Steingesicht aus Stonehenge sollte erweckt werden.

Leben, wenn auch unheimliches, sollte darin hineinkriechen, damit es seine Starre verlor.

Das geschah tatsächlich.

Die Starre der Fratze verschwand. Plötzlich konnte sie sich bewegen. Ein Zucken durchrann das Gesicht. Dabei entstand ein leises Knirschen, aber nichts brach ab, meine schnelle Hoffnung war vergebens gewesen. Den Grund für das Geräusch sah ich, als ich auf das Maul schaute, denn es hatte sich bewegt.

Weit klaffte es auf.

So weit, daß ein Mensch sogar in sitzender Haltung hineingepaßt hätte. Das Monstrum aus Stonehenge war bereit, um sein neues Opfer in sich aufzunehmen.

Das sollte Suko sein!

Er lag still vor der Fratze. Nicht in der Lage, auch nur den kleinsten Finger zu bewegen. Alles an ihm war erstarrt, er wirkte auf mich ebenfalls wie Stein.

Nicht nur das Maul hatte sich bewegt. Auch die Augen wurden davon nicht verschont. Für mich sah es aus, als würden sie in den Höhlen rollen, das jedoch war ein Irrtum.

Sie bekamen nur Kraft, und diese wurde förmlich aus dem Gesicht in sie hineingepumpt.

Licht leuchtete in ihnen.

Fahl, unheimlich, wie ein blasser Laternenschein im Winter oder wie das Licht des Mondes, wenn ihm von irgendwelchen Wolken ein Teil der Kraft genommen wurde.

Ich suchte nach einem Begriff für dieses kalte, unheimliche Leuchten und kam zu dem Schluß, daß es der Tod war, der sich dort eingenistet hatte.

Aber es geschah noch etwas. Das Licht breitete sich fächerförmig aus und erfaßte alle umstehenden Diener des Götzen. Es ließ den Flammenschein verblassen, und die Menschen sahen aus wie Gespenster, die in einen fahlen Seidenumhang eingewickelt worden waren.

Auf mich machten sie den Eindruck von unwirklichen Gestalten. Sie wirkten sehr blaß, mir fiel der Begriff Zombiebleiche ein. Die Kraft dieses unheimlichen Götzen lud auch sie ein.

Stonehenge in London!

Zumindest ein Teil davon, und Suko sollte geopfert werden. Ich hatte in dem Maul keine Zähne entdeckt, konnte mir trotzdem vorstellen, daß die beiden Hälften, wenn sie sich aufeinander zubewegten, meinen Freund zermalmten.

Schon jetzt hörte ich die Echos beim Knacken der Knochen, und eine kalte Gänsehaut rann mir über den Rücken.

Das Maul zitterte . . .

Der Kerl mit dem Stab setzte sich in Bewegung. Aus dem Stand sprang er hoch und auf das Gestell. Er war sehr gelenkig und geschmeidig. Sein Haar lag wie Teer auf seinem Kopf, war nach hinten gekämmt und dort zu einem Pferdeschwanz zusammengebunden worden.

Auch seine enge Hose aus Leder hatte einen fahlen Glanz bekommen. Den noch immer an der Spitze glühenden Stab rammte er zwischen die Bohlen, drehte sich mit einer geschmeidigen Bewegung nach links und beugte sich herab, um nach dem leblosen Suko zu greifen.

Das wollte und konnte ich nicht zulassen.

Ich stand auf.

Geduckt blieb ich für einen Moment stehen, um die Beretta ziehen zu können.

Darauf hatte Whisper nur gewartet. Ich hätte mehr auf ihn achten sollen, jetzt bereute ich es.

»Keine Chance, Sinclair, keine Chance!«

Ich schaute nach rechts.

Da stand er und grinste. Und auf mich zeigte die Mündung einer Pistole!

Wenn es Momente gibt, wo die berühmte Welt zusammenbricht, so hatte ich einen dieser Augenblicke erreicht. Ich stand noch immer wie auf dem Sprung, aber gleichzeitig wie festgeleimt und starrte den Mann an, dem ich bisher vertraut hatte.

Äußerlich war er derselbe geblieben. In seinem Innern jedoch mußte die Flamme des Bösen lodern, die auch vor seinen Augen nicht haltgemacht hatte, denn darin sah ich ein böses Glitzern, und seine Pupillen hatten sich in bleichgelbe Monde verwandelt.

»Was willst du?« fragte ich.

»Deine Vernichtung.«

Wie gesagt, äußerlich war er gleich, doch seine

Stimme hatte einen anderen Klang bekommen. Sie war rauh und kratzig geworden, untermalt von anderen Lauten, als wäre in ihn der Geist eines tierhaften Dämons hineingekrochen.

»Du bist verrückt!«

»Ich gehöre zu ihm.«

»Das sehe ich. Seit wann?«

»Hast du ihn nicht gespürt? Sein Licht? Seine Kraft? Sie wird stärker, wenn er mehr Opfer bekommt, das kann ich dir versichern.«

Auch ich hatte die Kraft gespürt, sie aber kaum registriert. Sie war an mir vorbeigeglitten, wahrscheinlich deshalb, weil ich durch meine speziellen Waffen geschützt war, aber das tat im Moment nichts zur Sache, denn mir lief die Zeit weg.

Ich dachte an Suko, ich dachte an das verfluchte Monstrum, und ich dachte auch an den Hundesohn vor mir mit der Pistole, der bestimmt schießen würde.

Ich mußte Whisper ausschalten. Und zwar so schnell wie möglich.

Er starrte mich an, und ich fragte mich, ob er mit seinen Gedanken auch vollkommen bei der Sache war. Auf mich machte er den Eindruck eines Menschen, der mehr auf seine innere Stimme lauschte und nicht konzentriert war, zudem hörte ich aus der Tiefe die Stimme des ersten Götzendieners, der das Monstrum wieder ansprach. Wahrscheinlich, um es dazu zu bringen, sich um das Opfer zu kümmern.

Zu verschlingen . . .

Diese Vorstellung wischte meine Furcht zur Seite. Ich ging das Risiko ein und griff blitzschnell an.

Karate, wenn auch nicht vollkommen, half mir dabei. Whisper sah meinen Tritt nicht, er spürte nur, daß er getroffen wurde. Sein Arm schnellte in die Höhe, die

Waffe wurde ihm aus den Fingern geschleudert, und er wußte im nächsten Augenblick nicht, wie ihm geschah, als ich ihn packte und herumschleuderte.

Mit dem Rücken stand er zur Dachkante. Sein Gesicht sah ich dicht vor mir, und es kam mir so vor, als hätte es sich aufgebläht wie ein Ballon.

»Was . . . was . . .?«

Ich schaute über seine Schulter hinweg schräg nach unten. Noch war keinem aufgefallen, was sich auf dem Dach abspielte, aber der Pferdeschwanz hatte den bewußtlosen Suko bereits angehoben. Er brauchte ihn nur mehr hochzustemmen, um ihn in das Maul des Götzen zu schieben. Damit war alles gelaufen.

Es kam genau auf die entscheidende Sekunde an. Ich mußte einfach schneller sein und war es auch.

Whisper schrie, als ich ihn von mir wegstieß. Ich hatte genau gezielt und schaute zu, wie er über die Kante flog. Sein Schrei hatte auch die anderen alarmiert. Sie starrten hoch, aber sie begriffen nicht so schnell und wirkten wie eingefroren.

Er stürzte hinab.

Ich hatte gut gezielt, denn Whisper krachte mit dem Pferdeschwanz und Suko zusammen.

Die Wucht schleuderte beide auf das Gestell. Vor der großen Götzenfratze blieben sie liegen, durcheinander, ebenso wie die übrigen Zuschauer auch.

Das nutzte ich aus.

Einen Herzschlag später setzte ich ebenfalls über die Kante des Teerdachs hinweg und sprang dem Gestell entgegen . . .

In den folgenden Momenten fühlte ich mich wie ein Flieger, frei und ungebunden. Allerdings auch wie einer ohne Fallschirm, der zudem freiwillig ins Höllenfeuer springt. Ich würde landen, das stand fest, aber was danach kam, das konnte tatsächlich den Tod für mich bedeuten.

Ich krachte auf das Gestell, und zwar dicht neben den drei Personen, die noch ineinander verkeilt waren und mich nicht angreifen konnten. Das Holz bog sich unter meinen Füßen. Ich hörte es knirschen, aber es hielt zum Glück stand.

Trotz der Federung empfand ich den Aufprall als ziemlich hart. Ich spürte ihn bis in den Kopf. Die Knie gaben mir nach, ich sackte weg, aber ich schaffte es, mich wieder zu fangen und kreiselte noch auf der Stelle herum.

Der Pferdeschwanz hatte seine Überraschung als erster verdaut. Er stand verflucht schnell auf den Beinen, sah mich und handelte sofort. Er schien zu explodieren, als er mir entgegenjagte, aber ich hatte damit gerechnet und ließ ihn in meine Faust rennen.

Der Hieb erschütterte ihn. Er flog nicht zurück. Nur sein Gesicht verzerrte sich für einen Moment und bewegte sich so, als wären Stromstöße hindurchgerast. Es wurde zu einer puddingartigen Masse, in seine Augen trat ein erstaunter Ausdruck. Bevor er begriff, was hier überhaupt ablief, erwischte ihn mein Tritt und katapultierte ihn im hohen Bogen über den Rand hinweg.

Daß er zu Boden krachte, hörte ich nur, sehen konnte ich ihn nicht mehr. Er war nicht bewußtlos, sein Fluchen vermischte sich mit einem Stöhnen. Vielleicht rief er den anderen auch irgend etwas zu, so genau bekam ich das nicht mit.

Ich hatte auch andere Sorgen. Die wichtigste war Suko, aber um ihn konnte ich mich noch nicht kümmern, denn Whisper lag mir im Weg. Alles geschah innerhalb kürzester Zeit. Whisper stöhnte. Er hatte seine Mütze verloren. Haare hatte er keine mehr, sein Kopf leuchtete wie eine Billardkugel.

Er kniete vor mir. Ich packte ihn, wuchtete ihn hoch und schleuderte ihn ebenfalls über den Rand hinweg, hinein in die Menge der anderen. Dort riß er einige Leute mit zu Boden, worum ich mich nicht kümmerte, denn Suko war wichtiger.

Er lag vor mir.

Er lebte.

Und er war nicht bewußtlos.

Als ich mich über ihn beugte, da grinste er. Dann sah er meinen Dolch, grinste noch stärker, denn mit der Waffe wollte ich seine dünnen Hanfstricke durchtrennen, die ihn in dieser gekrümmten Haltung hielten. Sie hatten ihm die Hände und die Beine gefesselt, beide aber durch ein Band verbunden und die Beine dabei nach hinten gedrückt, so daß er in dieser krummen, unnatürlichen Haltung liegenbleiben mußte. Mit dem Messer säbelte ich den Verbindungsstrick durch. Unter einem singenden Laut zersprang er in zwei Hälften.

»Mach schnell, John!«

»Immer doch.« Ich drehte den Dolch und säbelte an den Handfesseln, die sehr eng saßen, so daß ich haargenau achtgeben mußte, ihm nicht ins Fleisch zu schneiden.

Suko lag mit dem Rücken zum Götzen, ich stand über ihn gebeugt, er konnte nach vorn schauen, und ich hörte, wie er aufstöhnte.

»Zu spät, John . . .«

Ich schaute hoch.

Gleich mehrere Männer hatten das Gestell erklettert, und der erste sprang mich gleich flach an.

Genau in mein Knie, das ich hochgerissen hatte.

Er schrie. Ich hörte es knacken, sah Blut in seinem Gesicht, dann tauchten andere vor mir auf und versuchten, mich brutal niederzuschlagen. Sie waren bewaffnet, ihre Holzknüppel hatten die Länge eines Armes und waren sehr stabil.

Eine Chance hatte ich dagegen nicht. Ich wehrte mich auch kaum und ließ mich schneller niederschlagen, als es normalerweise der Fall gewesen wäre. Das war Berechnung, ich wollte nicht brutal bis zur Bewußtlosigkeit zusammengedroschen werden.

Mein Schauspiel gelang einigermaßen. Kein Treffer erwischte direkt mein Gesicht, sie alle prallten an meinen hochgerissenen Armen ab. Es tat weh, sie setzten Kraft hinter ihre Hiebe, aber es tat nicht so weh, als hätten sie mir das Gesicht zertrümmert.

Ein paarmal zuckte ich noch und tat so, als wollte ich mich wehren, dann aber sackte ich doch zusammen, wobei ein letztes Stöhnen über meine Lippen drang, dann lag ich still.

Bewußtlos, verloren, niedergeschlagen, einer, der es nicht geschafft hatte.

Ich hatte mich so gedreht, daß ich trotzdem noch etwas erkennen konnte. Als ich durch die schmalen Augenschlitze in die Höhe schielte, bekam ich es noch einmal mit der Angst zu tun. Das Bild schreckte mich, und ich hoffte, daß ich mich unter Kontrolle hatte und die Kerle nichts merkten.

Einige von ihnen standen neben mir, die Knüppel schlagbereit in den erhobenen Händen. Sie schwebten wie Drohungen über meinem Körper. Ich brauchte nur in die Gesichter der Typen zu sehen, um zu erkennen, was mich erwartete, wenn ich nicht starr liegenblieb.

Ich war noch längst nicht aus dem Schneider, aber

auch nicht aus dem Rennen, denn meine Waffen hatte ich mir bisher nicht abnehmen lassen. Die Männer trafen auch keine Anstalten, um mich zu durchsuchen, sie warteten auf ihren Anführer, und das war der Kerl mit dem Pferdeschwanz.

Ich hatte ihn ebenfalls relativ hart erwischt. Mit dem Handrücken wischte er über seine Lippen, als er zwei seiner Leute zur Seite stieß, um sich freie Bahn zu verschaffen. Direkt neben meiner Brust blieb er stehen und schaute auf mich herab.

Da ich ziemlich günstig lag, konnte ich ihn durch die Augenschlitze erkennen. Seine Lippen zeigten ein hartes Grinsen. In den Augen lauerte eine gewisse Bösartigkeit. Seine Helfer hatten sich bis an die Ränder des Podests zurückgezogen, wo auch Suko lag und sich ebenfalls nicht rührte. Seine Fesseln hielten noch. Er unternahm auch nicht den Versuch, sie zu lösen, denn das hätten seine Feinde erst gar nicht zugelassen.

Der Pferdeschwanz stierte auf mich nieder. Dann trat er mich. Ich hatte mit einem derartigen Tritt schon gerechnet, deshalb hielt ich mich auch unter Kontrolle, stöhnte nicht einmal auf und spielte weiterhin den Bewußtlosen.

»Holt Whisper!«

Zwei seiner Helfer verschwanden. Als sie zurückkamen, mußten sie den Informanten stützen. Er war einfach zu schwach, um sich auf den Beinen zu halten. Er humpelte. Irgend etwas war mit seinem rechten Bein. Der Kopf leuchtete wie ein wandernder Mond. Mit bösen Blicken schaute er mich an, wurde aber vom Pferdeschwanz abgelenkt, der zwei Finger unter sein Kinn legte und den Kopf anhob, damit Whisper ihn anschauen konnte.

»Bist du okay?«

»Es geht.«

»Aber du kannst reden?«

Er nickte.

»Wer sind die beiden?«

Whisper wischte Schweiß von seinem Gesicht ab. Dann nannte er unsere Namen und fügte noch hinzu, daß wir Bullen wären und das Rätsel um den Götzen aufklären wollten.

Er hatte nicht laut gesprochen, dennoch war er von allen Männern gehört worden, auch von denen, die außerhalb des Gestells standen. Sie alle lachten, als sie erfuhren, was wir vorhatten, nur der Pferdeschwanz blieb gelassen und auch wachsam. Mit einer wilden Handbewegung unterbrach er die Reaktion. »Ihr solltet euch nicht kindisch benehmen. Sie haben uns bestimmt nicht die schlechtesten Leute geschickt.«

»Sind sie denn auch gut genug für den Götzen?«

»Nein.«

Da der Götze schon angesprochen worden war, verdrehte ich meine Augen und schielte auf die Steinfratze. Sie leuchtete noch immer in ihrem blassen Schein. Aus der Nähe sah ich, wie porös seine ›Haut‹ war. Als hätte jemand an dem Gestein herumgehämmert und Platz für das Licht geschaffen, das überall durchdrang.

Die Steinfratze war bleich geworden. Auf mich wirkte sie unheimlich. Sie lebte und war trotzdem tot. Irgendwo angesiedelt zwischen Vergangenheit und Gegenwart, ein Relikt aus einer Zeit, die in unsere nicht mehr hineingehörte.

Aber sie war gefährlich. Ihr wurden Menschen geopfert, und wenn es nach dem Pferdeschwanz ging, waren Suko und ich als nächste an der Reihe. Die Vorteile zumindest lagen auf ihrer Seite.

Ich war nicht so groggy, wie ich mich gab. Bisher hatte noch keiner der Typen daran gedacht, mich nach Waffen zu durchsuchen. Ich konnte nur hoffen, daß dies vorerst so blieb, damit ich mich auch weiterhin erholen konnte.

Der Pferdeschwanz stand günstig. Er war der Chef, auf ihn hörten sie. Wenn es mir gelang, ihn als Geisel zu nehmen, bekam ich möglicherweise einen Aufschub.

Whisper wollte etwas sagen, aber der Boß schüttelte den Kopf. »Später, erst sind sie an der Reihe!«

»Willst du sie opfern?«

»Sicher.«

»Wann?«

»Sofort!«

Klare Fragen, klare Antworten, und niemand widersprach. Aber der Pferdeschwanz hatte es nicht eilig. Auf mich machte er nicht nur den Eindruck eines Fanatikers, sondern auch den eines Verbrechers, der raffiniert war und genau wußte, was er wollte. Er wandte sich an Whisper. »Was weiß der Bulle überhaupt?«

»Ich habe keine Ahnung.«

Der Pferdeschwanz packte ihn und zerrte ihn ruckartig zu sich heran. »Was hast du nicht?«

»Keine Ahnung. Er hat nicht mit mir darüber gesprochen. Das mußt du mir glauben.«

»Aber du hast ihn doch hergelockt.«

»Das schon. Nur nicht freiwillig, verstehst du? Ich sollte helfen, ihn aus dem Weg zu schaffen. Du kennst ihn. Du wußtest, welchen Job er hat, daß er uns irgendwann gefährlich werden würde. Aus diesem Grunde wollten wir ihn vorher erledigen.«

Der Pferdeschwanz stieß ihn fort. Er schüttelte sich dabei, als würde ihn Whispers Anblick anekeln.

»Er hat recht, Cortez!« meldete sich jemand. »Die Bullen sind schlau, sie werden ihm kaum etwas gesagt haben. Oder würdest du Whisper die Wahrheit sagen?«

»Nein.«

Ich wußte zumindest, daß der Pferdeschwanz Cortez hieß. Ein Name, der mir bisher noch nicht untergekommen war. Ich stöhnte zum Zeichen, daß ich dabei war, aus meinem Zustand zu erwachen.

Cortez beugte sich nieder. Als ich mich fahrig bewegte, stellte er mir einen Fuß auf die Brust. Sofort blieb ich auf dem Rücken liegen und schaute ihm ins Gesicht.

»Wieder da, Bulle?«

»Kaum.«

»Ich freue mich. Ja, ich freue mich wirklich, denn so können wir mit dem Plauderstündchen beginnen.«

»Worum geht es denn?«

Cortez lachte, nahm seinen Fuß leider nicht hoch, sondern preßte mich nach wie vor gegen das Holz. »Das will ich dir sagen, Sinclair. Whisper ist dumm. Er hat vergessen, euch zu fragen, was ihr schon herausgefunden habt. Ich verhalte mich anders. Ich bin davon überzeugt, daß du deinen Mund aufreißen wirst.«

»Das kann nur der, der etwas weiß.«

»Stimmt. Und du weißt etwas.«

»Nein.«

Cortez war davon nicht überzeugt. Er räusperte sich und schnickte mit den Fingern. Das Zeichen war klar. Jemand gab ihm einen Knüppel. Er war ziemlich lang, so daß mich Cortez auch in seiner stehenden Haltung damit erwischen konnte. Er hielt den Stab locker. Dabei zielte er im schrägen Winkel auf mich, die Spitze wies gegen meine Stirn. Wenn er ein Fachmann war, konnte er mir mit einem blitzschnellen Stoß den Schädel zertrümmern. Aber soweit war es noch nicht. Er bewegte ihn nur zuckend hin und her. Seine scharfgeschnittenen Gesichtszüge schienen sich noch mehr zu verengen, denn die Haut auf seinen Wangen glättete sich. In seinen Augen glomm ein böses Licht.

Dann traf er meinen Hals.

Ich hatte den Stoß nicht kommen sehen. Er war blitzartig geführt worden. Den Schmerz spürte ich erst, als er seine Waffe wieder zurückgezogen hatte. Dabei stellte ich fest, daß ich so gut wie keine Luft bekam. Der Hals war wie zugeschnürt.

»Es war der Anfang. Ich wollte dir beweisen, wie gut ich damit umgehen kann, Bulle. Ich ziele nie daneben. Wir haben uns einmal für den Götzen entschieden, denn wir wissen, wie wichtig Stonehenge für viele von uns ist. Und wir lassen uns die Pläne durch dich nicht kaputtmachen. Hast du das verstanden?«

»Sicher . . .« Was da aus meiner Kehle drang, sollte sich so anhören wie dieses Wort. Tatsächlich aber war es nur ein Fragment davon. Zudem hielt Cortez noch immer seinen verdammten Fuß auf meine Brust gestemmt.

»Dann rede.«

»Kann ich kaum.«

»Gebt ihm etwas zu trinken!« befahl Cortez in einem Anfall von Großzügigkeit.

Ich hätte mich gern mit kaltem Wasser erfrischt. Das war nicht möglich, deshalb setzte man mir die Öffnung einer Brandyflasche an die Lippen.

»Schlucken!« sagte jemand.

Das tat ich. Billiges Zeug brannte in meinem Mund und in der Kehle wie Feuer. Ich konnte die Tränen nicht zurückhalten. Das Schlucken tat mir weh. Der Schlag gegen den Hals zeigte auch hier Wirkung.

Nach dem dritten Schluck entschied Cortez, daß ich

genug hatte. Die Flaschenöffnung wurde mir vom Mund weggerissen. Meine Lippen glänzten feucht. Um die Mundwinkel herum rannen Tropfen in langen Bahnen in Richtung Hals.

Ich richtete mich auf. Im Sitzen ging es mir besser. Dagegen allerdings hatte Freund Cortez etwas. Wieder nahm er den Fuß zu Hilfe und drückte mich zurück.

»Ich bestimme, wann du dich hinsetzen darfst.«

Mein Keuchen antwortete ihm. Das Zeug hatte stark in meiner Kehle gekratzt, als wäre sie aufgerissen worden. Aber sie blutete glücklicherweise nicht.

Zwar hatte sich meine Lage verbessert, aber nicht entscheidend. Noch immer stand ich im zweiten Glied, und das würde auch so bleiben. Die Übermacht war einfach zu stark. Den Vorsatz, mir Cortez zu schnappen und als Geisel zu nehmen, hatte ich mir ebenfalls abgeschminkt. Solange sich sein Fuß auf meiner Brust befand und er mit der Stange auf meinen Kopf zielte, war da nichts zu machen.

»Tod oder Reden«, sagte er.

Ich schaffte sogar ein Grinsen, was ihn ärgerte, denn seine Lippen zuckten ebenso wie die Augen. Alles ein Zeichen seiner Wut. »Wer nichts weiß, kann nichts sagen. Wir sind gekommen, weil Whisper uns Bescheid gegeben hat. Wir wollten euch beobachten, das war alles. Außerdem ist es unser Job.«

»Ja, das stimmt, ich kenne euch.«

»Mehr weiß ich nicht. Leider auch nichts über das Monstrum vor mir. Es ist mir unbekannt. Ich weiß nur, daß es aus Stonehenge kommt. Angeblich.«

»Nicht nur angeblich, es stimmt.«

»Wer ist es? Wie heißt er?«

»Er ist ein Verbannter.«

»Hat er keinen Namen?«

Cortez hob die Schultern. »Vielleicht hat er mal einen gehabt, damals, verstehst du?«

»Wann war damals?«

»Vor langer, langer Zeit. In den Urregionen der Welt, Sinclair. Wir haben ihn gefunden, wir haben ihn hergeschafft, und er wird uns helfen, das verspreche ich dir.«

»Wobei?«

»Wir wollen Macht, wir wollen sein Wissen, aber wir müssen ihn auch füttern. Schau ihn dir an, schau ihn dir genau an. Siehst du das Licht in seinem Innern? Siehst du es? Das ist er, das ist seine Kraft aus der Urzeit. Das Licht der Sterne und nicht das Licht der Erde, denn sie war damals noch ein dunkler Klumpen, sie war nicht einmal geboren, nehme ich an. Es ist die Kraft der Sterne, von der wir Menschen nur lernen können, denn sie allein macht uns mächtig.«

Hatte er recht? Log er mir etwas vor?

Ich wußte es nicht. Ich wußte nur, daß ich ihn zu den gefährlichen Personen zählen mußte, die über Leichen gingen und sich durch nichts von ihrem Weg abbringen lassen würden. Ich rechnete damit, daß dieses Monstrum aus Stonehenge durchaus zu den Kreaturen der Finsternis zählte, gewissermaßen zu den Urdämonen, mit denen ich in den letzten Monaten so meine Erfahrungen hatte sammeln können.

Obwohl ich mich schon in Stonehenge aufgehalten hatte, war mir dieses Monstrum noch nicht begegnet. Auf mich machte es den Eindruck einer gewaltigen Totenmaske.

Lebte es? War es tot, versteinert? Konnte es seinen Zustand möglicherweise ändern?

Ich konzentrierte mich jetzt wieder auf Cortez und sah ihm an, daß er sich entschlossen hatte, uns zu töten. Es gibt gewisse Anzeichen in den Augen der Menschen, wenn sie einmal dafür gestimmt hatten. Das erkannte ich bei ihm.

Das böse Funkeln, der lauernde Zug um seinen Mund und das angedeutete Nicken.

Der Anfang vom Ende.

Dann hörten wir den Schrei!

Eigentlich war er ohne Grund abgegeben worden, dennoch schien er von der reinen Angst diktiert worden zu sein.

Auch Cortez hatte ihn vernommen und fuhr herum.

In die Reihen seiner Mitstreiter kam Bewegung. Der Fackelschein floß von einer Seite zur anderen, er ließ die Gesichter der Menschen aussehen wie auf einem rotschwarzen Gemälde.

Jemand sprang mit allen Anzeichen des Entsetzens auf das Gestell. Er redete so heftig auf Cortez ein, daß ich nicht die Hälfte davon verstand. Dann aber deutete er in die Höhe.

Cortez schaute hin.

Er duckte sich.

Von einem Augenblick zum anderen war aus dem coolen Typ ein Bündel der Furcht geworden. Seine Lippen zuckten, er zischte einen Fluch und schaute noch einmal zum Himmel.

Dann nickte er.

Gleichzeitig schwang er seinen langen Stab über meinem Körper in die Runde.

Unwillkürlich verkrampfte ich mich, weil ich damit rechnete, daß er nur ausholen wollte, um mir mit einem blitzschnell geführten Stoß das Gesicht zu zertrümmern.

Das geschah nicht.

Statt dessen sprang er über mich hinweg. Die anderen taten es ihm nach. Fluchtartig verließen sie das Gestell, selbst Whisper blieb nicht mehr. Zum Abschied warf er mir noch einen Blick zu.

Suko und ich blieben allein zurück. Ich sah, wie sich mein Partner herumdrehte und leise lachte, bevor ich mich zu ihm gesellte und da weitermachte, wo ich unterbrochen worden war.

Ich löste ihm die Fesseln. Selbst den Dolch hatten sie mir gelassen. Das Monstrum hatte uns wirklich mit Haut und Haaren vertilgen sollen.

»Verstehst du das, John?«

»Nein.«

»Aber ich.«

Ich blieb neben ihm hocken und schaute zu, wie er sich mühsam aufrichtete. Suko rieb seine Handgelenke, aber er schaffte es auch, einen Arm anzuheben und schräg gegen den dunklen Nachthimmel zu deuten. »Das ist der Grund, John.«

Ich blickte ebenfalls hin.

Im ersten Augenblick sah ich wirklich nichts. Bis mir klar wurde, daß sich der Himmel an einer bestimmten Stelle verändert hatte. Auf einer gewissen Breite war er dort tiefschwarz geworden. Schwärzer ging es eigentlich nicht.

Suko ließ mich eine Weile schauen, bevor er fragte: »Weißt du jetzt Bescheid, Alter?«

»Ich denke schon . . .«

»Und was sagst du?«

Ich schaute noch einmal hin, aber den bestimmten Identifizierungspunkt entdeckte ich nicht. Trotzdem war ich mir sicher. »Es ist der Spuk!« flüsterte ich.

»Genau . . .«

Das war ein Hammer, aber diesmal ein positiver, denn wir gingen beide davon aus, daß es der Spuk geschafft hat, die Kerle zu vertreiben. Sie mußten die schwarze Wolke entdeckt haben, und weil dies so gewesen war, mußten sie auch über den Spuk informiert gewesen sein, sonst hätten sie die Gegend hier nicht so fluchtartig verlassen und sogar noch ihren Götzen im Stich gelassen.

Mir rann eine Gänsehaut über den Rücken. Ich war mir sicher, daß wir beide dicht davorstanden, etwas Gewaltiges zu erleben, einen Vorgang, der sich zwar hier abspielte, dessen Motive aber weit, sogar sehr weit zurückreichten.

Der Spuk blieb noch in einer gewissen Höhe. Er näherte sich uns lautlos, und wo er auch hinkam, verschwand das Licht.

Eine Nacht ist nie stockfinster oder absolut schwarz. Auch hier war das nicht der Fall. Doch wo der Spuk hinkam, da gab es kein Licht mehr. Da saugte es auch die letzten Reste weg, denn er brachte die absolute Schwärze des Alls.

Ich drehte mich um, weil ich sehen wollte, was mit dem Monstrum aus Stonehenge geschah.

Es stand da. Es glotzte mit offenem Maul. Noch immer Licht in den Öffnungen seines Gesichts, sehr bleiches Sternenlicht, blaß, aber nicht direkt hell, als würde es von kalten Schatten durchweht, die in jeden Winkel krochen.

Wir kannten den Spuk. Wir wußten auch, wie er uns gegenüberstand. Er war ein mächtiger Dämon, der letzte der Großen Alten, er war der Herr im Reich der getöteten Dämonenseelen. Er stammte aus der grauen Urzeit, er kam von den Sternen, er hatte eine Wechselwelt durchlebt und sich als Tarnung die absolute Lichtlosigkeit genommen. In seinem Besitz befand sich auch der Trank des Vergessens, der eigentlich Kara, der Schönen aus dem Totenreich, gehörte.

Das alles war uns bekannt, doch wir mußten immer wieder feststellen, daß wir zuwenig über ihn wußten, besonders was die Dinge anging, die seine Vergangenheit oder Herkunft betrafen.

Daß die Freunde des Götzen vor dem Spuk geflohen waren, ließ für uns gewisse Rückschlüsse zu.

Sie wußten Bescheid, und sie wußten auch, daß der Spuk und das Monstrum nicht eben Freunde waren.

Für uns hatte der Fall erst vor knapp drei Stunden begonnen. Plötzlich erschien dieser schwarze, amorphe Dämon, und ich fragte mich, ob der Fall damit schon beendet war.

Der Spuk kam, er würde das Monstrum als seinen Feind ansehen und wahrscheinlich auch vernichten.

So einfach war das.

War es das wirklich?

»Denkst du das gleiche wie ich?« fragte Suko.

»Wahrscheinlich schon.«

»Das kann nicht alles gewesen sein, John. Ich will es einfach nicht glauben.«

»Stimmt.«

Beide wußten wir nicht so recht, wo wir hinschauen sollten. Zum Monstrum oder zum Spuk. Ich entschied mich für die schwarze Wolke, die noch immer näher kam, ihre Form aber verändert hatte und jetzt ziemlich flach geworden war, so daß sie aussah, als würde sie direkt über unserem Gebiet schweben.

Das war auch der Fall.

Die Wolke, der Spuk, hatte ein Ziel. Wir waren es.

Der Hof, das Gelände hier. Dieser mächtige Dämon wollte uns einen Besuch abstatten – mal wieder.

Also ging der Fall weiter.

Die Schwärze senkte sich. Sie hatte sich auseinandergezogen und wirkte jetzt wie ein gewaltiger Teppich, der sich trotzdem auf einen bestimmten Raum begrenzte.

Es kam näher und näher, er saugte alles Licht in sich hinein, so daß sich über uns die absolute Dunkelheit senkte.

Sie packte überall zu. Selbst mein Kreuz wurde von ihr nicht verschont, denn es verwandelte sich in einen schattigen Gegenstand, bei dem das Silber kaum auffiel.

»Was wird er tun?« murmelte Suko und rieb seinen Nacken.

»Frag lieber, was mit dem Monstrum wird.«

»Jetzt bin ich mir der nächste.«

»Stimmt.«

Das Monstrum stand vor uns. Eine gewaltige Maske aus Stein, bei der das Sternenlicht aus den Augenhöhlen und dem weit geöffneten Mund hervorströmte.

Und auch auf dieses Gebilde senkte sich die schwarze Wolke nieder. Sie kam lautlos, sie war durch nichts aufzuhalten, kein Widerstand stellte sich ihr entgegen.

Sie griff zu.

Suko und ich versanken in dieser absoluten, traumatischen Schwärze, die noch dicker als Tinte war.

Eigentlich hätte auch das Monstrum darin versinken müssen, das aber war nicht der Fall.

Es blieb bestehen, obwohl sich der lichtlose Teppich darüber senkte. Uns kam es wie ein Wunder vor, daß so etwas geschehen konnte, das war uns neu gewesen.

Wieso war es dem Monstrum möglich, dem Spuk Widerstand zu leisten? Wir waren beide gespannt und konnten unsere Blicke nicht von dem gewaltigen Gesicht wegnehmen.

Die Schwärze sank noch tiefer. Das Gestell war nicht mehr zu sehen, ich wußte nicht einmal mehr, wo sich mein Freund Suko befand, obwohl er nur eine Armlänge von mir entfernt saß.

Aber die Riesenmaske war da.

Fahl leuchtete das Licht durch die absolute Schwärze hindurch. Sehr deutlich sahen wir die beiden Augen und den weit geöffneten Mund, während das übrige, besonders der Rand, verschwunden war. Das hatte die Gestalt gepackt.

Augen wie Tunnel, die in die Unendlichkeit des Weltalls führten. Fahles Licht, das auf der Erde nicht existierte, nur im All oder Licht aus der fernsten Vergangenheit war, das sich in der Gestalt des Monstrums konzentrierte.

Im nächsten Moment geschah etwas Unheimliches. Wir konnten es uns ebenfalls nicht erklären, denn plötzlich bewegte sich die Maske und schwang vor unseren Augen in die Höhe.

Zuerst hatten wir gedacht, es wäre eine Täuschung, aber das Monstrum aus Stonehenge bewegte sich tatsächlich. Lautlos löste es sich von seinem Podest und glitt davon.

Schräg stieg es hinein in die Schwärze. Ein letztes Leuchten noch, dann war es vorbei.

Neben mir und in der Schwärze verborgen, stöhnte Suko auf. »Das packe ich nicht, John.«

»Ebenfalls.«

»Hoffst du auf den Spuk?«

»Ja, aber ich habe dabei ein etwas komisches Gefühl.«

»Welches denn?«

»Wahrscheinlich kommt der Spuk mit dieser Gestalt nicht zurecht. Möglicherweise hat er einen Gegner getroffen, der ihm überlegen ist, sehr überlegen sogar. Und jetzt braucht er Hilfe.«

»Unsere?«

»Sicher.«

Ich schwieg, wollte es kaum glauben, konnte es nicht fassen. Aber warum sollte das nicht der Fall sein? Wir hatten schon so viele Überraschungen erlebt, daß es auf die eine oder andere auch nicht mehr ankam und wir uns zunächst fügen mußten.

Dunkelheit bringt oft Kälte mit sich. So verhielt es sich auch hier. Wir waren von dem mächtigen Dämon umschlossen und spürten die Kälte wie einen Hauch auf unserem Körper. Als hätten sich die Schatten am Schweiß und an der Kleidung festgeklammert.

Das war der Gruß aus der Urzeit, denn der Spuk gehörte zu den ersten, mächtigen Dämonen. Er hatte überlebt, er war einer der Großen Alten gewesen, aber es hatte auch noch eine Zeit vor diesem, inzwischen vernichteten Götzen gegeben, und möglicherweise bekamen wir jetzt darüber eine kleine Aufklärung.

Was davor gewesen war, darüber konnten wir nur spekulieren. Wahrscheinlich die Geburt der Kreaturen der Finsternis, die Entstehung der Welt, der Erde, der Planeten, der . . .

Meine Gedanken brachen ab, ich sah über mir etwas in der Schwärze leuchten.

Zwei Augen.

Oval geformt und rot glühend.

Er schaute auf uns nieder, aber er sah nicht mehr das Monstrum aus Stonehenge, denn es war verschwunden und hatte sich seiner Rache entziehen können.

Der Spuk hatte zwar keine kompakte Gestalt, er war

wandelbar, was auch für seine Kommunikationsmittel galt, denn aus der finsteren Wolke hörten wir seine Stimme, die uns wie ein düsterer Singsang entgegendröhnte. »Vergeßt nicht, daß ich euch das Leben gerettet habe. Ihr wärt längst gefressen worden, aber das will selbst ich nicht.«

Da hatte er recht. Obwohl der Spuk und wir nicht eben Freunde waren und manchmal auch hart aneinandergerieten, hatten wir doch gewisse gemeinsame Interessen, und so ließen die einen den anderen leben und umgekehrt, wobei wir wohl kaum in der Lage waren, den Spuk zu vernichten. Nicht mit den uns bisher bekannten Mitteln.

Ich schaute gegen die Augen, die nicht auf einer Stelle verharrten, sondern sich leicht drehten. »Das stimmt, aber ich werde den Eindruck nicht los, daß du gewisse Probleme mit dem Stonehenge-Monstrum hast.«

Damit hatte ich bei ihm eine schwache Stelle getroffen. Selbst er konnte emotional reagieren. Ich merkte, wie mich eine Kältewelle traf, die nichts mit der Kälte gemein hatte, die man normalerweise als Temperatur bezeichnet. Sie war plötzlich in meinem Innern, sie ließ mein Blut vereisen und nagte an den Knochen.

Ich fühlte mich so, als hätte sie mein Knochengerüst in eiskaltes Eisen verwandelt.

Seine Rache?

Der Anfall verschwand, dafür hörte ich wieder seine Stimme, die nicht mehr als ein böses Flüstern war. »Ich warne dich, Sinclair, ich warne dich, auch wenn du in diesem Fall recht hast.«

»Er ist dir also gleichwertig.«

»Er besteht aus Sternenlicht und Sternenstaub.«

Diese Eröffnung schockte nicht nur mich, sondern

auch meinen Freund Suko, denn ich hörte ihn vor Überraschung laut atmen. Da kam er so ohne weiteres nicht mit.

»Sternenstaub?« murmelte ich.

Obwohl ich so leise gesprochen hatte, war ich vom Spuk verstanden worden. »Aus dem Staub der Gestirne, die vor unzähligen Jahren explodiert sind. Daraus formte sich das Stonehenge-Monstrum, und ihm gelang es gleichzeitig, das Licht der explodierenden Sterne in sich einzusaugen, seine Lebenskraft.«

»Wie lange existiert er denn schon?« fragte Suko in die Finsternis hinein.

»Es ist mit Jahren nicht nachzurechnen. Beinahe wäre das Wort ewig zutreffend.«

»Wie für dich?«

»Ja . . .«

»Ihr seid Feinde?«

Nach dieser Frage bewegten sich die Augen. Suko hatte wohl einen wunden Punkt erwischt. »Ja, wir sind es, obwohl wir einmal zusammengehört haben, als die Welt noch nicht existierte. Wir alle schwebten im Nichts. Wir waren so etwas wie der Beginn der dämonischen Welten. Ich und andere Wesen.«

»Welche? Die Kreaturen der Finsternis?«

»Waren später, viel später. Es geschah alles vor ihrer Zeit, denn sie entstanden, als es die Erde bereits gab. Bei mir paßte das nicht. Ich war schon da, als sie noch nicht existierte. Ich gehörte zu den Mächtigen, zum Hohen Rat, ich sah nicht so aus, wie ich jetzt aussehe, ich hatte eine Gestalt, sehr weiß, sehr hell, auch nicht die der Echsen, wie ihr vielleicht gedacht habt . . .«

Plötzlich war mein Kopf frei. Ich konnte es kaum fassen. Es war wie ein Wunder. Wie oft hatten wir über die Existenz des Spuks gerätselt und hatten uns gefragt, wer ihn erschaffen hatte und wo er hergekommen war. Jetzt lüftete er den Vorhang. Er hatte sich praktisch entwickelt, als es diese Welt noch nicht gab. Er war entstanden, als sich das All im Aufbau befand, als die Naturgesetze ausprobierten, wie aus gasförmigen Atomen und Molekülen feste Materie werden konnte. Das mußte auch die Zeit des Spuks und des Hohen Rats gewesen sein.

Einfach irre . . .

»Du warst wirklich nicht schwarz?«

»Nein, hellweiß . . .«

Ja, verflixt, das stimmte. Wir hatten ihn so gesehen, vor Jahren, als wir den Dämonensarg fanden. Das war ein heller Abdruck gewesen, seine helle Maske, und wir hatten damals kaum glauben wollen, daß es sich bei ihr um einen Abdruck des Spuks gehandelt haben sollte.

Jetzt bekamen wir es aus seinem ›Munde‹ bestätigt.

Ich fieberte plötzlich den weiteren Erklärungen entgegen und war davon überzeugt, daß es meinem Freund Suko nicht anders erging. »Du wärst gern im Hohen Rat geblieben, nicht?«

»Ja, das wäre ich.«

»Warum verdammte man dich?«

»Man hielt mich für einen Verräter.«

»Stimmte das denn?«

»Nicht in meinen Augen. Ich wollte damals schon die Führung, aber das ließen die anderen nicht zu.«

»Wer waren sie?«

»Ich werde es euch nicht sagen. Es ist alles zu weit entfernt. Zudem geht es hier nur um mich, wenn ich es richtig sehe.«

»Das stimmt schon.«

»Sie verbannten mich auf einen neu entstandenen Planeten, den ein blauer Schein umgab. Es war der Planet Erde, aber sie war nicht so, wie man sie heute kennt. Sie stand erst am Anfang, mußte sich in Milliarden von Jahren entwickeln, wenn ich euren Zeitbegriff nehmen darf. Ich war also auf diesem Planeten und sann nach Rache. Und ich fand damals einen Verbündeten. Es war Acron, der Sternenvampir, der Planetenfresser. Er sollte mir helfen, gegen den Hohen Rat zu kämpfen, aber er wollte nicht. Aber er tat mir einen großen Gefallen. Er gab mir seinen Schatten. Und so wurde aus meiner ursprünglichen Lichtgestalt genau das, was ich jetzt bin – der Spuk, die Gestalt ohne Licht.«

»Halt, du hast etwas vergessen.«

»Was denn?«

»Deine Echsengestalt.«

»Das war nur ein Zwischenstadium. Ich hatte den Herrscher der Echsenwelt in einem gewaltigen Kampf besiegt und vorübergehend seine Gestalt angenommen. Davon jedoch ging ich wieder ab, denn ich stellte fest, daß ich in dieser Gestalt doch verletzbar war.«

Es war für mich kaum zu fassen. Über uns schwebte ein uralter Dämon, dessen Existenz mathematisch kaum zu erfassen war, aber er sprach wie ein Kumpel, ein Geschäftspartner – ja, einfach wie ein Mensch, und das konnten wir beide kaum fassen.

»Es geschah noch einiges mehr, was mit den Stummen Göttern und Großen Alten zusammenhing, aber das sind Einzelheiten, die euch nicht zu kümmern brauchen. Hier geht es einzig und allein um mich. Ich hoffe, daß ihr dies begreift.«

»Hin und wieder schon«, gab ich zu. »Aber du hast ein Problem, das aus der Vergangenheit erschienen ist.«

»Richtig. Das Monstrum.«

»Mit dem du nicht fertig wirst.«

Der Spuk reagierte nicht. Er wollte es nicht zugeben. Ich aber bekam wieder den Kälteschock in meinem Innern mit, der abermals an meinen Knochen nagte, so daß ich den Eindruck bekam, allmählich einzufrieren. Deshalb mußte ich mich schütteln.

»Er ist da.«

»Hat er einen Namen?« rief ich.

»Nein, nur ein Gesicht, keinen Körper. Sternenstaub und Sternenlicht haben sich zu einer Materie vereinigt, in der die Kraft der Urzeit steckt, und sie befindet sich ausgerechnet hier auf dieser Erde. Sie ist gefunden worden, sie hat sich gemeldet, du hast die Menschen gesehen, die ihm zugetan sind.«

»Ja – wer sind sie?«

»Sternenjünger.«

»Ja, so haben sie sich genannt. Sie sind weder Astronomen noch Astrologen, sie lieben einfach das Licht und die Kraft der Sterne und erhoffen sich dadurch die Macht, die ihnen ein normales Leben nun nicht geben kann. Das ist alles.«

»Nein, das ist nicht alles. Ich verstehe nicht, daß du es nicht schaffst, ihn zu besiegen.«

»Hast du nicht begriffen?«

»Wahrscheinlich nicht.«

»Auch ich bestehe aus dem Licht der Sterne. Du kannst sagen, daß wir ungefähr gleichstark sind.«

»Deshalb kam es nicht zum Kampf . . .«

»So ist es. Aber ich denke, daß er weiß, wie stark ich bin. Deshalb hat er sich auch zurückgezogen.«

»Wohin?«

»Das mußt du wissen, John Sinclair. Du brauchst nur über seinen Namen nachzudenken.«

Stonehenge-Monstrum, dachte ich. Natürlich. Wenn, dann gab es für ihn keinen anderen Weg, als sich an diesem geheimnisvollen Ort zu verstecken, wo die mächtigen Steine standen, die allen, die sich damit beschäftigten, auch heute noch Rätsel aufgaben, trotz modernster wissenschaftlicher Methoden.

»Willst du, daß wir nach Stonehenge gehen?«

»Seht ihr denn eine andere Möglichkeit?«

»Nein, nicht.«

»Dann geht.«

»Warum? Sollen wir dich in deinem Kampf unterstützen, Spuk?«

»Weil ihr mir etwas schuldig seid. Ich habe euch das Leben gerettet. Die Sternenjünger hätten euch vernichtet. Vergeßt nie, daß sich das Monstrum auch von Menschen ernährt. Sein Licht ist kalt, es ist grausam, es ist wie Eis. Es verdaut Fleisch und Blut. Das solltet ihr bei allem nicht vergessen.«

Suko meldete sich wieder. »Stonehenge ist groß. Wo genau finden wir das Monstrum?«

»Fragt seine Helfer!«

»Cortez?«

»Zum Beispiel.«

»Er wird sich kaum blicken lassen.«

»Das ist nicht mein Problem«, erwiderte der Spuk. Er reagierte noch immer sehr menschlich und nicht wie ein Dämon, den es beinahe schon seit Ewigkeiten gab. Er konnte sich so zumindest anpassen, wenn auch seine äußere Gestalt im krassen Gegensatz dazu stand.

Seine Augen blieben, aber sie veränderten sich, denn der Spuk zog sich aus unserem Sichtbereich zurück.

Die Umgebung erhellte sich wieder. Zwar nur sehr langsam und schwach, aber ich sah die Umrisse meines Freundes Suko, der auf dem Gestell hockte, den Kopf drehte und mich angrinste.

Ich grinste zurück.

Jetzt wußten wir endlich, daß wir es überstanden hatten. Ich schaute gegen den Himmel und sah ihn normal über mir. Keine tiefe Schwärze mehr, eher ein weites Grau, hin und wieder aufgelockert durch das Licht eines Sterns. Was mich wiederum darauf hinwies, daß wir es mit dieser Kraft zu tun hatten, die uns allerdings nicht positiv gegenüberstand.

Ich stand auf, streckte Suko meine Hand entgegen, die er ergriff und sich ebenfalls in die Höhe ziehen ließ.

»Geschafft?« fragte er.

»Kaum die Hälfte.«

»Richtig.«

Wir schauten uns um. Trotz der erhöhten Stellung bekamen wir nichts zu Gesicht, was uns hätte interessieren können. Alles war düster, kein Mensch hielt sich in unserer unmittelbaren Nähe auf. Dieser Platz erstickte an seinem eigenen Schweigen.

Ich räusperte mich. Im Mund hatte ich einen Geschmack wie kalte Asche. Ich hatte Durst und fragte Suko, ob es ihm ähnlich erging.

Er strich über seinen geschwollenen Hals, obwohl dies nichts mit seinem Durst zu tun hatte. »Ich könnte einen Eimer mit Wasser leertrinken. Wie ein Pferd.«

Ich lachte nur. »Dann laß uns mal eine Tränke suchen.«

»Du willst dich wirklich in dieser Gegend in eine Kneipe stellen?«

»Warum nicht? Man muß alles mal gesehen haben.«

»Und die Sternenjünger?«

»Was ist mit ihnen?«

Suko schaute mich schief an. »Sag nicht, daß du sie vergessen hast, John. Sag das nicht.«

»Nein, habe ich auch nicht.«

»Dann hoffst du, den einen oder anderen zu finden.«

»So ist es.«

Suko ballte seine rechte Hand zur Faust. »Und ich hoffe es auch, Alter. Denn da steht noch eine Rechnung offen. So etwas begleiche ich immer . . .«

Wir passierten den Rover, und ich war froh, daß wir ihn heil vorfanden. Keine Kratzer, keine Beulen, es waren auch keine Reifen abmontiert. Hin und wieder mußten wir auch Glück haben.

Wer hier ein Lokal betrieb, der kümmerte sich einen Dreck um die Sperrstunde. Großen Lärm hörten wir auch nicht, aber wir sahen im Licht der trüben Beleuchtung, daß schräg gegenüber noch ein Lokal geöffnet hatte.

Lokal war der falsche Ausdruck. Kaschemme oder Dreckstall wäre zutreffender gewesen.

Es gab eine Tür, aber die stand offen. Wir warfen einen Blick in den Nebel, der durch den Dunst zahlreicher Zigaretten gebildet worden war, und rochen auch den alten, muffigen und widerlichen Schweißgeruch. Er lastete in dem Lokal und drang auch nach draußen.

Hier bestand nichts aus Sternenstaub und Sternenlicht, das hier war verdammt irdisch, und die Gäste waren es erst recht.

Wie sollte ich sie bezeichnen?

Gestrandete der Nacht? Geschöpfe aus der Gosse? Boten der Finsternis? Oder so ähnlich? Vielleicht auch nur arme Teufel, zwischen die sich ein paar Ganoven gemischt hatten? Ich betrat den Dunst.

Uns beiden wurde die Luft knapp. Da war selbst die Schwüle draußen noch besser zu atmen. Wer sich freiwillig in diesen Gestank begab, konnte meiner Ansicht nach nicht normal sein.

Einige Gäste hockten krumm an der Theke und stierten dumpf vor sich hin. Zumeist in Gläser, in denen eine dünne Biersuppe schwamm.

Freie Plätze gab es genug. Wir wollten uns nicht auf schmierigen Hockern niederlassen, sondern blieben an der Theke stehen.

In der Ecke hockte ein Mann mit struppigen Haaren und schlief. Er schnarchte vor sich hin. Zwei andere hatten aufgehört zu knobeln. Sie schauten uns an wie starre Standbilder.

Keine einzige Frau hielt sich hier auf. Wahrscheinlich war das Ding selbst für die allerletzte Bordsteinschwalbe nicht gut genug. Der Wirt hatte auf ein Hemd verzichtet. Er trug schmutzige Shorts, bediente mit nacktem Oberkörper, auf dem Haare wie ein Pelz wuchsen. Die auf seinem Kopf waren dunkel, lang und fettig. Sie hingen ihm tief in den Nacken und sahen dort aus wie Strippen.

»Was wollt ihr?«

»Eine Auskunft.«

»Haut ab!«

»Erst wenn wir sie haben«, sagte Suko und schaute sich um. »Eigentlich hättest du längst geschlossen haben müssen, nicht?«

Der Knabe tat, als hätte er nichts gehört. Er stellte einen Ventilator an, der sich über der Theke drehte und die widerliche Luft nur verteilte, sie aber nicht reinigte und erst recht keine Frische brachte.

»Kannst du lesen?« fragte Suko.

»Manchmal.«

»Dann lies das hier.« Suko hielt ihm einen Ausweis hin. Erst jetzt drehte sich der Typ wieder um.

»Na und?«

»Wir sind vom Yard.«

»Daß ihr den Bullengestank an euch habt, war mir schon klar.«

»Kannst du überhaupt noch riechen bei diesem anderen Geruch?«

»Bullen immer.«

»Alles klar«, sagte Suko, »dann wissen wir ja, woran wir sind und können zur Sache kommen.«

Er zischte durch die Zähne und gönnte sich ein Bier. Wir ließen ihn trinken, dann aber schnappte Suko zu und erwischte seinen Arm. Der Behaarte stemmte sich dagegen, nur bekam er es nicht fertig, stärker als Suko zu sein. Lächelnd zog der ihn zu sich heran und beinahe auch über die Theke hinweg.

Der Kerl verzog das Gesicht zu einer säuerlichen Grimasse.

»Willst du nun sprechen?«

»Okay, okay!« preßte er hervor. »Was wollt ihr? Ich habe nichts getan, und die Überschreitung der Sperrstunde ist kein Verbrechen, das den Yard interessieren könnte.«

»Da hast du recht.« Suko ließ ihn so plötzlich los, daß der Knabe beinahe das Gleichgewicht verloren hätte. Er taumelte und wedelte mit den Armen, dann hatte er sich gefangen.

»Wir suchen Cortez!«

»Hä? Wen?«

»Einen Mann namens Cortez«, wiederholte ich. »Man kann ihn nicht übersehen, er hat einen Pferdeschwanz.«

Der Wirt glotzte ins Leere, damit wir sein Gesicht nicht beobachten konnten. »Kenne keinen mit 'nem Pferdeschwanz«, behauptete er.

Suko lachte leise, bevor er sich mir zuwandte. »Wann sollen wir die Bude schließen lassen. Sofort?«

»Meinetwegen.«

Von der Seite her schaute uns der Behaarte an. »Meine Güte, man darf ja mal überlegen.«

»Gern, wenn dir dabei etwas einfällt.«

»Wird schon.« Mit Schweißfingern fuhr er durch sein fettiges Haar und machte es noch öliger. »Also, genau weiß ich es nicht, aber ich kann euch einen Tip geben.«

»Wir hören.«

»Ihr könnt mal in der Bude des Sternenglotzers nachschauen. Da hält er sich oft auf.«

Ich grinste gefährlich. »Jetzt wissen wir sehr viel. Wo ist die Bude denn? Auf dem Mond?«

»Quatsch. Nicht weit von hier. Da hat mal einer gewohnt, der immer die Sterne beobachtete, wenn er nüchtern war. Meistens aber war er zu. Soll in seinem ersten Leben mal Astrologe gewesen sein. Ist aber jetzt alles vorbei. Wenn der in die Sterne schaute, sah er sie immer doppelt, glaube ich. Deshalb auch sein Name.«

»Und da wohnt Cortez?«

»Denke schon.«

»Und was ist mit dem Glotzer?« fragte Suko.

»Keine Ahnung. Der kommt auch nie her. Interessierte sich eben nur für den Himmel.«

»Wie komisch.«

»Ja.«

»Was fällt dir denn sonst noch zu Cortez ein?« fragte ich.

»Nicht viel.«

»Und zu den anderen, die immer bei ihm sind.«

Der Behaarte bekam große Augen. Wenn mich nicht alles täuschte, las ich sogar Angst darin. Er schluckte zweimal den eigenen Speichel. »Damit will ich nichts zu tun haben, verdammt. Die . . . die sind mir zu gefährlich und auch zu unheimlich.«

»Wieso unheimlich?«

»Unheimlich eben. Die haben sich hier nur zusammengefunden und beten irgendein Ding an. Man spricht von einem Götzen. Viele haben Angst vor ihnen.«

»Gab es besondere Gründe?«

Er hob die Schultern. »Nur Gerüchte.«

»Welche denn?« fragte Suko.

»Na ja . . .«. Er wand sich. »Ich habe ein paar Gäste verloren, versteht ihr?«

Suko schüttelte den Kopf. »Überhaupt nicht. Hilf uns mal auf die Sprünge.«

»Sie sind einfach nicht mehr gekommen. So müßt ihr das sehen. Und es gab keinen Grund.«

»Aha.«

Der Behaarte redete weiter. »Nun ja, die waren weg. Darum solltet ihr euch mal kümmern.«

»Vielleicht tun wir das ja«, sagte der Inspektor. »Habt ihr denn Cortez in Verdacht?«

»Nicht nur ihn.«

»Wen noch?«

»Diese Gruppe.«

»Die hat also deine Gäste gekillt?«

»Kann ich nicht genau sagen. Man flüstert davon. Aber das ist mir jetzt egal.«

»Und jetzt brauchen wir die Wegbeschreibung zum Sternengucker, damit ist alles okay.«

Er gab sie uns und redete dabei ziemlich ausführlich, obwohl die Strecke ziemlich kurz war. Jedenfalls konnten wir das Haus nicht übersehen. Es war ein Flachbau mit einem zweiten drauf, der allerdings wesentlich kleiner war.

»Das packen wir«, sagte Suko und drohte dem Wirt mit der Faust. »Keine Warnung – ja?«

»Werde mich hüten.«

»Dann sind wir ja die besten Freunde«, erwiderte Suko lächelnd und drehte sich um.

Wir hörten das Aufatmen der wenigen Gäste, als wir die Kaschemme verließen.

Draußen schüttelte Suko den Kopf. »Es geht doch nichts darüber, wenn man sich mal hin und wieder unter das Volk mischt.«

»Volk nennst du das?«

»Was sonst?«

»Abschaum!«

»Sei nicht so hart.«

Wir wollten den Weg nicht zu Fuß zurücklegen, sondern mit dem Rover fahren. Sehr bald sahen wir ihn einsam parken, nicht weit von einem alten Gullydeckel entfernt, aus dem warmer Dampf stieg.

Niemand hielt sich mehr auf den Straßen auf. Die Umgebung war leer und tot. Trotzdem glaubten wir daran, unter einer Kontrolle zu stehen und bewegten uns schräg auf das Fahrzeug zu.

Hinter ihm tauchte plötzlich eine Gestalt auf und legte beide Hände auf das Dach.

»Wen haben wir denn da?« flüsterte Suko.

»Ganz einfach. Das ist mein Freund Whisper . . .«

Ich hatte mich nicht geirrt, er war es tatsächlich, und er trug auch wieder seine Mütze.

Einmal hatte er mich bereits reingelegt, ein zweites Mal würde ihm das nicht gelingen, das stand fest. Trotzdem war ich gespannt, was er von uns wollte.

Über das Dach des Rovers hinweg schauten wir uns an. Whisper sagte nichts, er zitterte nur leicht, und ich fragte mich, ob er freiwillig gekommen war.

»Je später der Abend, desto netter die Gäste. Das ist eine Freude.«

»Hör auf, Sinclair.«

»Warum?«

»Es ist keine Zeit, um Scherze zu machen.«

»Das will ich auch nicht.« Ich winkte ihm zu. »Komm her, Whisper. Ich habe dich gern direkt in meiner Nähe.«

Erst wollte er nicht, dann hob er die Schultern und umging den Wagen. Keiner von uns ließ ihn aus den Augen. Wir waren auf alles gefaßt, auch auf einen schnellen Angriff, aber Whisper war nichts anderes als ein Bündel Angst.

Zwischen mir und Suko blieb er stehen. Mein Freund hielt sich dabei in Whispers Rücken auf. Er schnitt ihm damit den Fluchtweg ab, und vor ihm stand ich wie eine deutsche Eiche.

»Also, Whisper, wir hören.«

Er nickte. »Es ist schwer . . .«

»Sollen wir dir helfen?«

»Nein.«

»Ich versuche es trotzdem, bin Tierfreund. Du hast mich reingelegt. Du hättest mich auch erschossen, Whisper. Du gehörst zum Götzen, nicht wahr?«

Er nickte. »Aber ich wollte nicht, Sinclair, das mußt du mir glauben. Verflucht, ich wollte es nicht.«

»Mal sehen, was ich dir glaube. Wer hat dich denn gezwungen?«

»Cortez!«

»Warum?«

»Er . . . er hat gesagt, daß ihr eine Gefahr für ihn werden könntet. Das hat er gesagt.«

»Und du hast ihm geglaubt?«

»Richtig.«

»Er hat recht gehabt.«

»Ja«, flüsterte Whisper, wobei er seinem Namen wieder alle Ehre machte. »Deshalb mußte ich es tun. Weil meine Angst eben so groß war. Ich konnte nicht dagegen an.«

»Schön, verstanden. Ich frage mich nur, warum du jetzt hier bist, mein Freund.«

»Es ging nicht anders.« Er gab es zu und senkte dabei den Kopf wie jemand, der sich seiner Zugeständnisse wegen schämte.

»Warum nicht?«

»Ich habe euch gesucht.«

»Das ist keine Antwort.«

Whisper hob den Kopf an. Er sah aus wie ein reuiger Sünder, doch ich blieb auf der Hut. Noch einmal wollte ich mich nicht von ihm linken lassen.

»Ich sollte euch suchen.«

»Klingt schon besser. Hat dir Cortez den Auftrag gegeben?«

»Ja.«

»Jetzt hast du uns gefunden. Was nun?« Er kaute, obwohl er nichts im Mund hatte. »Ich weiß es nicht. Ich weiß nicht mehr weiter.«

»John, der will uns leimen.«

»Nein, das glaube ich nicht.«

Whisper drehte sich wieder. »Er hat mich zu euch geschickt. Cortez weiß Bescheid. Er weiß auch, daß ihr einen Helfer bekommen habt. Aber noch hat er nicht verloren. Das Monstrum existiert. Ihr sollt nicht versuchen, es zu suchen. Ihr sollt euch damit abfinden und dann aufgeben. Das soll ich euch bestellen.«

»Warum sagt er uns das nicht selbst?«

»Er ist nicht mehr da.«

»In seiner Bude?«

Whisper nickte.

»Davon wollten wir uns gerade überzeugen, aber dann bist du gekommen«, sagte ich und legte ihm eine Hand auf die Schulter. »Wir haben im Auto noch Platz. Ich freue mich direkt darauf, mit dir eine kleine Spazierfahrt machen zu können. Steig ein, und dann werden wir uns gemeinsam um unseren Freund kümmern.«

Whisper erbleichte so schnell und stark, wie ich es selten bei einem Menschen erlebt hatte. Die Angst war in sein Gesicht wie eingemeißelt worden. Er zitterte, und mein Griff verstärkte sich. Auch Suko faßte zu. Er umklammerte seinen rechten Arm. »Es ist wirklich besser, Whisper, wenn du dich nicht sträubst.«

»Ich sterbe.«

»So leicht nicht«, sagte Suko.

»Doch, doch«, flüsterte er hastig. »Doch, ich werde sterben. Das weiß ich genau. Ich bin nicht frei. Er ist überall, in meinem Körper, in meinen Gedanken. Er hat mich so erfüllt, wie er auch die anderen erfüllen wird. Glaubt mir.«

»Wer hat was erfüllt?«

»Das Monstrum!« keuchte Whisper. »Wer es einmal gesehen und seine Kraft erlebt hat, der kann ihm nicht mehr entwischen.« Er nickte und wirkte wie jemand, der gleich anfing zu weinen.

Diesmal meinte er es ehrlich. Diese große Angst war nicht gespielt. Sie saß tief, sehr tief in seinem Innern und folterte die Seele des Mannes.

Auch Suko war skeptisch geworden. Ich kannte ihn. Während ich den Rover aufschloß, kümmerte er sich um Whisper. »Du mußt jetzt ruhig sein. Darfst nicht die Nerven verlieren, was immer auch geschehen ist. Versprichst du mir das?«

»Wir kommen nicht dagegen an. Es ist zu mächtig. Es liebt oder bestraft dich mit seinem Blick.«

»Abwarten.« Suko öffnete die linke Fondtür und schob das zitternde Bündel Mensch in den Wagen.

Ich schaute den beiden im Innenspiegel zu. Wenn ich ehrlich sein sollte, gefiel mir Whisper immer weniger. Unter unserem Schutz hätte seine Angst eigentlich zusammenbrechen müssen, aber das Gegenteil war eingetreten. Sie steigerte sich noch. Er konnte nicht ruhig sitzenbleiben und zitterte am gesamten Körper. Die Zähne schlugen aufeinander, er hielt sich dabei selbst umarmt, glotzte zu Boden und versuchte, sich so klein wie möglich zu machen.

Ich fuhr langsam an und war ebenso besorgt um Whisper wie Suko. Der benahm sich, als würde jemand auf ihn einprügeln und ihn in gewissen Intervallen treffen. Manchmal zuckte er zusammen und duckte sich dabei noch tiefer, dann schnellte er wieder hoch, entweder mit der rechten oder mit der linken Schulter und bewegte auch seinen Kopf voller Hektik hin und her.

Diese Reaktion war nicht normal. Da stimmte einiges nicht. Wie konnte ein Mensch nur unter einem derartigen Druck stehen? Sie mußten ihn psychisch zerbrochen haben. Aber wer tat so etwas? Daß es Cortez gewesen war, daran wollte ich einfach nicht glauben. Der hatte nicht das Format dazu.

Blieb nur einer, das Monstrum!

Jetzt ärgerte ich mich darüber, daß mir der Spuk so wenig über diesen uralten Dämon erzählt hatte. Ich wußte wohl, wie er aussah, aber ich kannte seine Kräfte nicht, die er aus dem Licht der Sterne holte. Es mußte ein bestimmtes Licht sein, wahrscheinlich war es mit einer sehr extremen Magie aufgeladen, und als Whisper aufschrie, da bat mich Suko, doch kurz anzuhalten.

Ich stoppte und drehte mich um.

Whisper war nach rechts gefallen. Er lehnte in der Ecke. Um besser sehen zu können, schaltete ich das Licht im Wagen ein. Jetzt sah ich sein Gesicht besser und auch die beiden Blutstreifen, die aus seinen Nasenlöchern rannen.

Was der Grund für dieses plötzliche Nasenbluten war, wußte auch Suko nicht, der nur beide Schultern hob, Whisper aber mit seinem Taschentuch versorgte, das dieser gegen die Nase drücken konnte.

»Ruhig«, flüsterte mein Freund. »Halte dich ruhig. Es kann dir nichts passieren, wir sind da.«

Whisper antwortete etwas, das wir beide nicht verstanden. Aber das Wort *passiert* kam darin vor.

Ich versuchte es mit einer Vermutung. »Kann es sein, Suko, daß er nicht mehr er selbst ist?«

»Möglich.«

»Wie fühlt er sich an?«

»Erhitzt.«

»Also krank.«

»So ungefähr.«

»Wir sollten ihn zu einem Krankenhaus fahren und dann erst zu Cortez . . .«

»Nein, nein, nein!« würgte Whisper hervor. »Ich will nicht. Ich will nicht in ein Krankenhaus. Es hat keinen Sinn, keinen Sinn . . .« Die letzten beiden Worte versikkerten in einem tonlosen Flüstern.

»Verdammt, John, was hat man mit ihm gemacht?«

»Wir werden Cortez fragen.« Nach dieser Antwort startete ich den Rover wieder.

Ich konnte nur darauf hoffen, daß die Anfälle des Mannes nicht schlimmer wurden, und war dann beruhigt, daß sich Whisper nicht mehr meldete. Er blieb still.

»Wie geht es ihm?«

»Er weint.«

Ich kam mit dieser Tatsache nicht zurecht. Weinen heißt nicht nur trauern, sondern bereuen. Konnte es sein, daß Whisper etwas sehr stark bereute? Vielleicht seinen Verrat?

Ich drückte die Gedanken fort, denn ich mußte mich auf die Gegend konzentrieren, die immer düsterer und enger wurde. Dabei hatte ich den Eindruck, als würden die Seiten und auch der Himmel auf uns zuwachsen, um uns aufzusaugen.

Die bleichen Lichter der Scheinwerfer sahen aus wie Mondlicht auf einer unruhigen Wasserfläche. In der Luft tanzten Insekten. Manchmal roch es, als wären die Abwässer nach oben gedreht worden, um mit ihrem Geruch die Gegend noch menschenfeindlicher zu machen.

Dann sah ich die Einmündung der Gasse an der rechten Seite. Wir rollten hinein. Dahinter gelangten wir auf einen Platz, über den quer eine Schiene lief, deren verrostetes Metall zum Großteil von Unkraut überwuchert war.

Die Enden der Scheinwerfer knallten gegen die nackte graue Wand eines Hauses. Als ich das Licht löschte, versanken wir in eine tiefe, bedrückende Dunkelheit. »Aussteigen!« Ich verließ den Wagen als erster, bekam mit, daß Suko Mühe hatte, auch Whisper zum Verlassen des Fahrzeugs zu bewegen. Ich öffnete die Tür.

»Nein, ich will bleiben, ich will nicht mit.«

»Du bist nur bei uns sicher.«

»Ich bin nirgendwo sicher. Sie haben mich. Verdammt, sie haben mich doch längst.«

»Keiner hat dich!« Suko schob den Mann aus dem

Rover. Bevor Whisper auf die Knie fallen konnte, stieg ich aus und zerrte ihn auf die Beine. Ich hielt ihn fest, schaute ihm aus kurzer Distanz ins Gesicht, das nur noch ein glänzendes schweißiges Oval war mit zwei getrockneten Blutfäden an den Nasenlöchern.

Seine Angst war um keinen Deut geringer geworden, das stand für Suko und mich fest.

»Ist er im Haus?« fragte ich.

Er hob die Schultern.

»Wenn nicht, wo kann er sein?«

Wieder blieb er stumm. Ich wußte nicht, ob er nicht reden wollte oder es nicht konnte. Jedenfalls mußte er in unserer Nähe bleiben, und so nahmen wir ihn auch in die Mitte, wobei wir ihn abstützten, damit er uns nicht zusammenbrach.

Das Haus glich einem alten Klotz. Auf seinem Dach stand ein zweiter Klotz, nur schmaler und schlanker. Beide ähnelten sich insofern, als daß sie keine Fenster hatten, nicht einmal die viereckigen Löcher waren zu sehen, und die Bauten machten zudem auf uns einen sehr verlassenen Eindruck.

Das konnte täuschen . . .

»Du weißt nicht, wer im Haus geblieben ist?« fragte ich Whisper noch einmal.

Der schüttelte nur den Kopf und zitterte wieder. Sein Körper verwandelte sich in eine Maschine, die aus zahlreichen Ersatzteilen bestand. Nur hatte der Erfinder vergessen, sie richtig wieder zusammenzufügen, denn der Mann bebte unkontrolliert an allen Gliedern, und seine Zähne klappten wieder zusammen, während ihm ein ums andere Mal eine Gänsehaut über das Gesicht lief.

Er blieb auch stehen, ließ sich nicht weiterzerren und hielt die Augen geschlossen. Von verschiedenen Seiten her schauten wir ihn an. Obwohl er beide Augen geschlossen hielt, berichtete er uns, was er in dem Haus sah.

»Das Licht . . . das Licht . . . es wird töten. Es tötet mich. Es wartet auf mich.«

Ich gab meiner Stimme einen ruhigen Klang, als ich ihn ansprach. »Niemand will dich töten, Whisper, niemand. Es wartet auch keiner auf dich, glaube es mir. Es brennt kein Licht, kein Rechteck ist hell. Im Haus ist es finster.«

»Doch, es ist da!«

»Wir werden es genau untersuchen«, sagte Suko leise und stand mir bei. Sein besorgter Blick traf unseren Schützling, der sich mittlerweile und zwischen uns beiden wieder in Bewegung gesetzt hatte, allerdings mit sehr schweren Schritten, je näher wir dem Haus kamen. Seine Furcht wuchs damit yardweise.

Es lag möglicherweise auch an der Umgebung, die einen so negativen und depressiven Eindruck auf ihn machte. Hier gab es nichts, was man als freundlich hätte bezeichnen können, und ich glaubte auch nicht daran, daß sich während des Tages viel ändern würde. Dieses Viertel war zum Abbruch bestimmt und dann vergessen worden.

Durch den tiefen Luftdruck stank der Fluß. Und dieser faulige Geruch wehte in unsere Nasen. Mir kam es vor, als hätte mir jemand alten Fisch in den Mund gestopft.

Wir zogen den zitternden Whisper weiter. Er sprach wieder, doch er redete ziemlich abstrakt, denn er kam auf seinen Tod zu sprechen. Ein fürchterliches Schicksal würde ihn ereilen. Er würde so schlimm sterben wie kaum jemand vor ihm, und auch wir schafften es nicht, ihn von diesem Gedanken abzubringen.

»Wer sollte dich denn umbringen?« fragte Suko.

»Das Licht, das kalte Licht. Es ist das Licht der Sterne, es ist uralt, es ist grausam, und es stammt aus den Anfängen des Seins . . .«

Suko runzelte die Stirn, als er mich anschaute. Diese Worte gefielen uns gar nicht, denn beide wußten wir ja von diesem Sternenlicht, das in den Augen und dem Mund des Monstrums gelauert hatte. Auch mir war dieser blaßbleiche Schein unheimlich gewesen, nur hätte ich nie daran gedacht, daß er mich töten würde.

Ich führte Whisper allein weiter, während sich Suko von uns gelöst hatte und auf den Eingang zuschritt. Er war nicht mehr als ein viereckiges Loch, die Tür hatte jemand herausgestemmt.

Suko zog zuerst seine Waffe. Anschließend die kleine Lampe und strahlte damit in den Bau.

Whisper und ich warteten ab.

Nach einigen Sekunden drehte sich Suko um, winkte, bevor er als erster den kastenartigen Bau betrat und in der grauen Düsternis verschwand, als wäre er von ihr aufgesaugt worden.

Whisper sträubte sich noch einmal und sprach von seinem Ende. Ich kannte kein Pardon und schob ihn über die Schwelle. Suko bewegte sich bereits weiter oben. Seine Lampe bewegte er im Kreis. Sie kam mir vor wie eine Sternschnuppe.

»Hier ist alles frei. Keine Spur von den Sternenjüngern. Ihr könnt ruhig kommen.«

Neben mir versteifte Whisper. »Ihr kennt sie?«

»Wir haben von den Sternenjüngern gehört«, stellte ich richtig.

Whisper enthielt sich einer weiteren Bemerkung. Statt dessen schob er sich vorsichtig in das Haus hinein, in dem eigentlich nichts mehr so war, wie es hätte sein sollen. Hier hatten gewisse Leute ›umgebaut‹ und ihre Vorstellungen in die Tat umgesetzt.

Jedenfalls war die alte Treppe noch vorhanden. Ansonsten hatte man Wände herausgerissen, sogar Decken eingeschlagen und aus mehreren Räumen wenige große gemacht.

Suko trafen wir auf einem Absatz, wo er auf uns wartete. Er hob die Schultern. »Nichts zu sehen, nur zu riechen. Der Gestank klebt zwischen den Wänden, er hängt von der Decke, er ist fast überall, will ich mal sagen.«

»Und die Sternenjünger?«

»Entflogen.«

Auch ich hatte nicht den Eindruck, von einer Gefahr umgeben zu sein. Im Gegensatz zu unserem Schützling. Whisper fühlte sich nach wie vor äußerst unwohl. Er rieb über seinen Körper, als wollte er den Schaum einer kräftigen Dusche abreiben. Seine Augen bewegten sich dabei.

Ich hatte sie dunkel in Erinnerung, aber waren sie das auch jetzt noch?

Seine Stimme lenkte mich ab.

»Ich spüre das Licht«, flüsterte er, »ich spüre es genau.« Wieder fing er an zu zittern. »Es ist überall, ich kann es sehen und fühlen. Es ist in mir. Das Licht der Sterne, das Monstrum, wir haben es unterschätzt. Es hat uns die Wahrheit schon gesagt. Viele wollten es ja nicht glauben, aber ich merke alles sehr deutlich.« Er nickte. Erst schaute er Suko an, dann mich. »Sterben, Sinclair. Ich werde bald sterben.«

»Abwarten, Whisper. So schnell geht das nicht.«

»Wenn du wüßtest.«

Ich wußte nur, daß wir nicht auf diesem Treppenabsatz bleiben konnten. Unser Ziel lag in dem Haus auf dem Haus. Bis dorthin hatten wir noch ein paar Treppen zu laufen.

Suko ging wieder vor. Er leuchtete uns auch den Weg aus. Ich blieb bei Whisper, dessen Verhalten mir schon gewisse Sorgen bereitete. Der Mann hatte sich verändert. Immer wieder schüttelte er den Kopf, als würde er auf seine Selbstgespräche reagieren, die er im Geiste führte. Manchmal schrak er auch zusammen, rieb seine Hände, schaute hoch und drückte sich dicht an die schmutzige Wand, wenn er weiterging.

Das Haus auf dem Haus war nicht von außen zu erreichen. Eine Eisenleiter führte auf das Dach. Suko sah sich dort um. Als die Luft rein war, winkte er uns.

Whisper wollte zuerst nicht.

Er krümmte sich zusammen und bat mich, ihn hier sterben zu lassen.

»Unsinn, so leicht stirbt es sich nicht.«

Er preßte die Hand vor den Mund, als wollte er sich übergeben. Wieder gelang mir ein Blick in seine Augen, die sich tatsächlich verändert hatten.

Die Pupillen waren längst nicht mehr so dunkel wie sonst. In der Schwärze schimmerte es heller, als hätte sich dort ein gewisser Mondglanz abgesetzt.

»Komm . . .«

Er ließ sich von mir führen wie ein kleines Kind. Hin und wieder schaute er sich um, aber es waren keine Feinde da, die uns belauerten. Ich glaubte auch nicht mehr daran, daß wir Cortez in seiner Bude antreffen würden, wo Suko bereits auf uns wartete.

Dieses zweite Haus zu betreten, war einfach, weil Türen überhaupt fehlten.

Es fehlte auch das Dach, zumindest Teile davon. Wenn jemand den Kopf hob, glitt sein Blick in den weiten und dunklen Nachthimmel. Von hier aus ließen sich die Sterne beobachten, allerdings sah ich in dieser Nacht kaum einen.

Ein guter Platz für einen Astronomen, der ja auch hier gelebt hatte. Scheu schaute sich Whisper um. »Bist du zum erstenmal hier?« erkundigte ich mich.

»Zumindest bei Nacht.«

»Was hat sich im Gegensatz zum Tage verändert?«

»Es ist niemand hier.« Er schaute sich um und schauderte zusammen, senkte dann die Stimme. »Es ist alles so leer, so schrecklich leer . . .«

»Sei doch froh«, sagte Suko.

»Weiß nicht. Cortez weiß Bescheid.« Er lächelte plötzlich. »Er ist verdammt schlau. Er hat alle im Griff. Das Monstrum hat ihn geeicht. Es gibt nichts, was . . .«

Er brach ab, weil ich einige Schritte von ihm weggegangen war. Mich interessierten die Gegenstände. Ein primitives Lager, ein Plastiksack, in dem sich der Abfall staute. Als ich in ihn hineinleuchtete, da bewegten sich schon die Würmer und Maden. Auch fette, grünlich schillernde Schmeißfliegen fanden genügend Beute.

Nur wir fanden nichts.

Ich drehte mich wieder um. Suko war dorthin gegangen, wo die scheibenlosen Rechtecke der Fenster die Wand unterbrachen, und schaute in den Hof.

Whisper stand noch immer auf seinem Platz. Suko drehte er dabei den Rücken zu, mir aber nicht.

Wir schauten uns an.

Und da sah ich es sehr deutlich. In den Augen spielte sich der Schrecken ab, obwohl das vielleicht der falsche Ausdruck war, denn ein Schrecken konnte nicht gelb sein.

Oder doch?

Gelbe Augen, nicht die Augen von Raubtieren. Was sich bei ihm festgesetzt hatte, war ein anderer Ausdruck. Ein anderes Gelb, mehr von einem Licht abstammend, allerdings nicht von einer Lampe, sondern von dem Licht, das zu den Sternen gehörte.

Hoch über uns schwebte es normalerweise. Es war das Licht der Sterne. Und genau diesen Glanz fand ich in den Augen des Spitzels.

Ich hörte ihn laut atmen und dann fragen: »Siehst du es jetzt, Sinclair? Siehst du das Licht?«

»Ja.«

»Das ist es. Das ist sein Licht. Er hat es gespeichert. Es ist das Licht der Sterne. Es ist so kalt, so schrecklich eisig. So uralt. Es steckt in mir, es wird mich zerstö . . .« Die letzte Silbe konnte er nicht mehr sprechen.

Plötzlich schnellte seine Zunge aus dem Mund. Sie sah aus wie ein Klumpen, auf dem ein heller Schein lag. Mit einer hastigen Bewegung riß sich Whisper die Mütze vom Kopf, wobei er einen langen Schritt nach rechts ging.

Wir hörten ihn jammern.

Dann strahlte er.

Für uns sah es im ersten Moment so aus, als wäre er von einem hellen Mantel umgeben worden, doch das stimmte nicht. Sein Strahlen war anders, es kam von innen, es erfüllte seine Gestalt, es machte sie durchlässig.

Vor uns stand eine von Sternenlicht durchflutete Figur. Hell, strahlend, aber nicht mehr in der Lage, in das alte Leben zurückzufinden, denn das Licht zerstörte auch.

Whisper sah aus, als wollte er sich in die Höhe stemmen, als er noch einmal Atem holte.

Dann explodierte er.

Das Licht tötete ihn nicht nur lautlos, es atomisierte ihn sogar. Es zerriß ihn, er hatte nicht die Spur einer

Chance, die uralten Sternenkräfte ließen nichts mehr von ihm übrig. Kein Haar, keine Kleidung, nicht einmal einen Schuhabsatz. Whisper war vor unseren Augen verschwunden, als hätte es ihn nie zuvor gegeben.

Jetzt war es die Kälte, die über meinen Rücken drang. Ein langer, unheimlicher Schauer, der am Nacken begann und seinen Weg bis zum letzten Wirbel fand.

Grauenhaft . . .

Meine Kehle war wie zugeschnürt, und ich schüttelte mich, als hätte jemand kaltes Wasser über mich gegossen. Der Schweiß brach aus allen Poren, als ich dorthin ging, wo Whisper einmal gestanden hatte, weil ich nach Resten suchen wollte.

Ich fand nichts, gar nichts.

Die Kraft aus der Urzeit hatte ihn voll und ganz zerstört!

Wir waren in dieser Nacht in unsere Wohnungen gefahren, hatten uns geduscht und versucht, noch eine Mütze voll Schlaf zu bekommen. Ob Suko es schaffte, wußte ich nicht. Ich jedenfalls wälzte mich auf dem feuchten Bettlaken von einer Seite auf die andere und mußte immer wieder an das Geschehen denken.

Ich bekam Furcht . . .

Hier hatten wir es mit einer Macht zu tun, die so alt war wie die Zeiten. Da waren die Kreaturen der Finsternis Jünglinge dagegen, denn hier ging es um Entwicklungen, die sich außerhalb des blauen Planeten abgespielt hatten.

Das Licht der Sterne . . .

Viele Menschen liebten es, andere wiederum empfanden es als zu kalt im Vergleich mit dem der Sonne.

Ich stand ihm neutral gegenüber, das allerdings hatte sich nun geändert, denn ich war nun Zeuge eines schlimmen Vorfalls geworden.

Da starb jemand.

Ein Mensch wurde durch die Kraft der Sterne einfach ausgelöscht. Spurenlos . . . als hätte es ihn nie gegeben. Damit mußte ich erst fertig werden, und deshalb überkam mich der Schlummer erst, als die Morgendämmerung bereits herankroch.

Dann sackte ich aber weg, als hätte mir jemand die Beine unter dem Körper weggerissen.

Der Schlaf war fest, und ich träumte. Ich befand mich in einer endlosen Sternenspirale, einem galaktischen Nebel, und wurde von zahlreichen Lichtstrahlen durchbohrt wie von Lanzen. Sie quälten mich, sie brannten mir die Knochen entzwei. Ich spürte Schmerzen, einen ungeheuren Druck, ich wurde geschüttelt – und wachte schließlich auf.

Suko stand neben meinem Bett. Er hatte für den Druck gesorgt und mich geschüttelt. Zuerst begriff ich nicht, was geschehen war. Seine Stimme drang aus weiter Ferne an meine etwas taub gewordenen Ohren. Ich hörte sein Lachen und dann die Frage: »Willst du nicht aufstehen?«

»Wie spät ist es denn?«

»Neun . . .«

»Ach du Schreck!« Ich schnellte hoch. Suko mußte zurückweichen, sonst wäre er noch von meiner Stirn im Gesicht getroffen worden. Mir war schwindelig, der Körper schmerzte an allen möglichen Stellen, denn so einfach verschwanden die Nachwirkungen der Schläge nicht. Suko hatte das Fenster weit geöffnet. Ich schaute hinaus in einen grauen Tag. Aus niedrigen Wolken fiel Sprühregen. Das Wetter hatte sich geändert, und Suko erzählte mir, daß ich sogar ein Gewitter verschlafen hatte.

»Ja, ich war wie tot.«

»Das bist du noch.«

»So fühle ich mich auch.« Ich hockte auf der Bettkante und war zu nichts fähig. Durch das Fenster drang ein kühlerer Luftzug, der meinen Nacken streichelte. Die kurze Hose des Schlafanzugs klebte an meinem Körper. »Weiß Sir James Bescheid?«

»Ich habe schon mit ihm gesprochen.«

»Was sagt er?«

»Du kannst dir Zeit lassen.«

»Aber nicht zuviel, wie?«

»So ist es.«

Ich quälte mich in die Höhe. Mein ganzer Körper fühlte sich an, als hätte er stundenlang auf einer Streckbank gelegen. Wie ein alter Mann ging ich ins Bad, noch immer leicht beduselt im Kopf, kaum fähig, einen klaren Gedanken zu fassen.

Aber solche Tage gibt es. Da war ich nicht der einzige, dem das passierte. Dafür war man eben Mensch. Daß Suko schon wieder so toll auf dem Damm war, stand auf einem anderen Blatt.

Die Dusche lockte.

Und ich nutzte sie ausgiebig. Ich schäumte und sprühte mir die Müdigkeit aus dem Körper, und die harten Strahlen massierten meine Muskeln durch.

Schließlich brannten sie, die Haut lief sogar leicht rot an, bis ich mich in den Eiskeller begab, wo ich einen nicht eben gelinden Schock bekam. Als anderer Mensch, eingehüllt in frische Kleidung, kehrte ich zu Suko zurück, der sich bereits nützlich gemacht und den Frühstückstisch gedeckt hatte.

»Hunger wirst du doch haben.«

»Und ob.«

»Dann mal ran.«

Ich setzte mich, strich durch mein Gesicht, schüttelte den Kopf, und aus dem noch nassen Haar lösten sich die Tropfen. Suko saß mir gegenüber und grinste.

»Willst du reden?«

»Erst essen.«

»Okay.«

Ich schenkte die Tasse mit Kaffee voll. Draußen sah es aus, als wäre es Nacht. Die Wolken senkten sich immer tiefer. Auch weiterhin rieselte es aus ihnen hervor, aber großartig abgekühlt hatte es sich nicht. Nur war die Feuchtigkeit bis nahe an die 100-%-Grenze gestiegen.

Suko hatte Rührei gemacht und auch einige Scheiben Speck gebraten. Es mundete mir. Ich spülte immer wieder mit Kaffee nach, trank auch Orangensaft und fühlte mich nach knapp zwanzig Minuten wieder besser. Zwar hätte ich keine Bäume ausreißen können, aber mein Denkapparat funktionierte wieder, und natürlich liefen die Vorgänge der vergangenen Nacht wie ein Film vor meinen Augen ab.

»Denkst du an Whisper?«

Ich nickte.

»Es gibt ihn nicht mehr.«

»Ja, Suko, stimmt. Und wir waren dabei. Wir haben zugesehen, ohne eingreifen zu können. Wir hätten auch nichts gehabt, um den Vorgang stoppen zu können.« Ich schüttelte den Kopf. »Das ist es, was mich so sauer macht, verdammt.«

»Nur das?«

»Vorläufig.«

Suko trank Saft. »Ich sehe da noch ein anderes Problem, wenn ich ehrlich sein soll.«

»Welches?«

Suko zeigte mir ein ernstes Gesicht. »Ganz einfach, John. Ich wüßte nicht, wie ich damit zurechtkommen soll, daß diese Sternenkraft ...« Er verstummte und schlug mit der flachen Hand auf den Tisch. Dann kürzte er ab. »Verflixt, John, wie sollen wir es schaffen, das Monstrum zu stoppen? Kannst du mir das sagen?«

»Kaum.«

»Ich weiß es auch nicht. Da steckt doch eine Kraft darin, die älter ist als unsere Welt. Die sich auf Dämonen beruft, die wir akzeptieren müssen, ohne etwas dagegen unternehmen zu können. Oder weißt du vielleicht eine Möglichkeit?«

»Nein.«

»Wer könnte uns dann helfen?«

»Niemand.«

»Wir stellen uns dem Stonehenge-Monstrum also allein?«

»Ja doch.«

»Klasse, phantastisch, einmalig.« Er hob die Hände und ließ sie wieder fallen.

»Sei nicht so negativ«, sagte ich. »Es gibt jemand, der bestimmt auf unserer Seite steht.«

»Der Spuk?«

»Genau, Alter. Ihm paßt das Monstrum auch nicht. Es erinnerte ihn an lange zurückliegende Zeiten, die für ihn nicht eben optimal waren. Oder weshalb hätte er uns sonst das Prinzip seiner Entstehung berichten sollen? Nur aus Spaß? Daran glaube ich nicht. Der hat damit schon etwas im Sinn gehabt.«

»Glaubst du denn, daß der Spuk stark genug ist?«

»Das ist natürlich die Frage. Jedenfalls kann er das Licht nicht so einfach löschen. Das haben wir ja gesehen, als er erschien. Das Licht des Monstrums leuchtete durch.«

»Ja, zum erstenmal ist die Welt des Spuks aufgehellt worden.« Suko schüttelte den Kopf. »Mir geht gerade ein verrückter Gedanke durch den Kopf. Stell dir mal vor, seine Welt wird so stark aufgehellt, daß wir hineinschauen können. Sie ist für uns durchsichtig gemacht worden. Wir können erkennen, was sich dort tut. Die Schwärze existiert nicht mehr. Wir erkennen Strukturen, wir betreten möglicherweise absolutes Neuland. Ist das nicht super?«

»Kann sein.«

»Ich bin dafür.«

»Und deine Angst, Suko?«

»Hält sich in Grenzen. Jedenfalls würde ich vorschlagen, daß wir uns Stonehenge einmal aus der Nähe anschauen. Oder wieder einmal. Ist ja lange her, daß wir dort waren.« Er stand auf. »Rauchst du noch eine Verdauungszigarette?«

»Nein, heute nicht.«

Wir räumten gemeinsam den Tisch ab wie zwei Hausfrauen. Danach wurde es auch Zeit für uns, ins Büro zu fahren. Dort würde Sir James sicherlich schon auf uns warten.

In der Tat wartete er. Obwohl er am offenen Fenster stand, machte er keinen glücklichen Eindruck. Wir hatten nichts verschwiegen, und Sir James war sehr nachdenklich geworden. Oft genug strich er über seinen Kopf, als wollte er sein Haar kämmen. Er putzte auch die Gläser der Brille.

Schließlich drehte er sich um. Seine Miene zeigte Besorgnis. »Das gefällt mir nicht, das gefällt mir überhaupt nicht. Wissen Sie eigentlich, in welch eine Gefahr Sie sich begeben?«

»Ja, das ist uns klar.«

»Oder haben Sie einen anderen Vorschlag, der viel besser und ungefährlicher ist?« fragte Suko.

»Einen Vorschlag nicht, eher eine Konsequenz, über die man nachdenken sollte.« Er sprach erst weiter, als er hinter seinem Schreibtisch saß und auch wir uns gesetzt hatten. »Man könnte alles auf sich beruhen lassen. Oder sehe ich das falsch?«

Suko und ich staunten um die Wette. So etwas hatten wir von Sir James noch nie gehört.

»Aufgabe, Sir?«

»Ja, John.«

»Das kann doch nicht Ihr Ernst sein.«

»Ist es aber.«

»Warum?«

»Ganz einfach. Wir haben es immer mit nicht begreifbaren Kräften zu tun gehabt. Wenn das alles stimmt, was Sie mir berichteten, und ich habe keinen Grund, an Ihren Worten zu zweifeln, dann haben Sie eine Kraft erlebt, gegen die es nach menschlichem Ermessen kein Gegenmittel gibt. Oder irre ich mich da?«

»Nein, Sie haben recht«, sagte Suko.

»Na bitte.«

»Ist das wirklich Ihre Konsequenz, Sir?«

Der Superintendent beugte sich vor. »Was, bitte sehr, sollen wir denn machen? Wie wollen Sie dieses kalte, ferne, unheimliche Grauen stoppen? Wie begrenzt sind unsere, sind ihre Mittel? Sehr begrenzt, würde ich sagen. Das ist doch ein Zauber, der schon vorhanden war, noch bevor unsere Welt erschaffen wurde. Er ist uralt, er ist dämonisch, er ist . . . verdammt, mir fehlen die Worte.«

»Sternenmagie«, sagte ich leise.

»Ja, so ähnlich, akzeptiert. Aber eine Magie, die nicht positiv ist. Sie ist kalt, sie ist tödlich, und sie vernichtet spurenlos, wie Sie mir berichtet haben.«

Suko nickte. »Das kommt alles der Wahrheit sehr nahe, Sir James. Aber wir haben auch eine Verpflichtung dem anderen Leben gegenüber. Ich denke da an die Sternenjünger. Sollen sie in den Bann dieser uralten Kraft geraten? Wollen Sie diese Menschen opfern?«

»Im Prinzip nicht. Oder nur ungern. Aber was wollen Sie denn dagegen unternehmen?«

»Wir können auf Hilfe hoffen.«

»Der Spuk?«

Suko nickte. »Es ist auch sein Problem, Sir. In diesem außergewöhnlichen Fall stehen er und wir auf einer Seite. Er haßt das Stonehenge-Monstrum, und ich könnte mir vorstellen, daß er uns dabei unterstützen wird, wenn wir versuchen werden, es zu vernichten oder nur zurückzuschlagen, wie auch immer.«

Sir James dachte länger nach. »Garantieren Sie mir das?« fragte er schließlich.

»Nein, das nicht.«

»Bitte.«

Ich schüttelte den Kopf und erregte somit die Aufmerksamkeit unseres Chefs. »So dürfen wir nicht denken, Sir. Wenn ich jetzt aufgebe, dann ist es der Anfang vom Ende. Dann werden wir bei anderen Fällen, die folgen werden, ebenfalls nachdenken, ob es sich überhaupt lohnt. Und davor habe ich Angst. Wir würden mit völlig anderen Intentionen darangehen, läppischer, nicht mehr so motiviert und uns möglicherweise zurückziehen, wenn es schlecht für uns aussieht und es auf Leben und Tod geht. Das hier ist auch ein psychisches Problem, wie ich meine.«

Sir James wand sich. »Wenn ich Ihnen nur glauben

könnte.« Er wischte Schweiß von seiner Stirn. Dafür nahm er ein großes Taschentuch. »Wenn ich das nur glauben könnte.«

»Haben Sie einfach das gleiche Vertrauen und den gleichen Optimismus wie sonst.«

»Das genau ist das Problem.«

»Wir werden aber hinfahren«, sagte Suko. »Wir müssen etwas tun. Ich weiß nicht, ob wir die Sternenjünger dort sehen werden, rechnen müssen wir damit, aber wir können uns vorstellen, daß sich dieses Monstrum bei den Steinen versteckt hält.«

»Haben Sie denn keine Hilfen?«

»Den Spuk meinen Sie nicht.«

»Richtig, Suko. Ich dachte eher an andere Hilfen. Zum Beispiel an Kara und Myxin.«

»Wegen der Steine.«

»Auch.«

»Was meinst du?« fragte Suko mich.

»Ich denke nicht, daß dies ein Problem für unsere Freunde ist, nein, wirklich nicht. Auch sie haben mit einer Vergangenheit zu tun, die jedoch auf eine gewisse Art und Weise überschaubar ist. Was die Urzeiten angeht, da sind sie ebenso überfragt wie wir. Das ist vom Faktor Zeit her kaum zu begreifen.«

»Das schon, aber die drei – ich nehme den Eisernen Engel mit hinzu – können kämpfen. Ihnen werden möglicherweise Lösungen einfallen. Existiert denn nicht ein gewisser Zusammenhang zwischen den Flammenden Steinen und denen von Stonehenge?«

»In etwa«, gab ich zu.

»Dann würde ich es doch versuchen.«

Suko sah mich an, ich ihn. Gemeinsam hoben wir die Schultern, hielten uns aber mit Bemerkungen zurück.

»Ja, ja«, sagte Sir James, »ich habe schon gesehen, daß

ich Sie nicht überzeugen kann. Okay, dann machen Sie, was Sie wollen. Führen Sie Ihre Pläne meinetwegen durch. Aber denken Sie auch daran, daß Sie hier jemand zurücklassen, der um Sie zittert.«

»Danke, Sir.«

»Sie brauchen sich nicht zu bedanken, John. Das ist der reine Egoismus, nichts weiter.«

»Klar, nur der Egoismus«, sagte ich grinsend, denn wie Sir James war ich ebenfalls vom Gegenteil überzeugt.

Er nickte. »Ja, ich weiß nicht, was ich Ihnen alles wünschen soll. Bringen Sie es hinter sich.«

»Danke, Sir.«

Er schaute uns nach, als wir sein Büro verließen. Im Gang sagte Suko zu mir: »Der Alte macht sich echte Sorgen um seine Schützlinge.«

»Unbegründet?«

»Wenn ich ehrlich sein soll, auch mir ist nicht gerade wohl dabei.«

»Eben.«

»Trinkst du denn noch einen Kaffee vor der großen Reise in die Mystik?«

»Wenn es sein muß, auch zwei, dann können wir meinetwegen fahren. Aber mit deinem Wagen, bitte sehr.«

»Ich freue mich.«

Das meinte Suko tatsächlich so. Er konnte den BMW wieder schnurren lassen, denn die Stadt war nichts für ein solches Fahrzeug.

Glenda war nicht tief in den Fall eingeweiht worden. Sie kannte uns jedoch gut genug und sah es an unseren Gesichtern, daß wir doch ziemlich bedrückt waren.

»Ärger?«

»Nicht, wenn du uns mit Kaffee versorgst.«

»Bitte, gern.«

Sie hatte sich sommerlich gekleidet, trug Bermudas, was bei ihr wegen der sonnenbraunen Beine gut aussah. Das weiße T-Shirt war weit geschnitten, die Luft hatte genügend Platz darunter.

Wir bekamen den Kaffee und tranken ihn trotz der Hitze. Zwar kam es bei uns zu Schweißausbrüchen, aber auch die überstanden wir tapfer. Glenda war natürlich neugierig, sie rutschte auf dem Stuhl hin und her und rückte endlich mit ihrer Frage heraus.

»Was ist denn los mit euch? Wo wollt ihr hin? Was liegt an? Ihr seid so komisch und schweigsam.«

»Wir fahren weg.«

»Aha. Und wohin?«

»Stonehenge«, sagte ich.

Glenda saß still. Sie wußte nicht, ob sie lächeln sollte, dann aber räusperte sie sich und fing an zu lachen. »Das ist doch ein herrlicher Ausflug. Gerade im Sommer wird Stonehenge von vielen Menschen besucht und . . .«

»Kein Ausflug, Mädchen«, unterbrach ich sie.

»Ärger?«

Ich nickte.

»Da war doch schon mal was mit Stonehenge. Dieser Zauberer, nicht wahr? Damit hat es nichts zu tun – oder?«

»Richtig.«

»Was dann?«

»Sag du es ihr, Suko.«

Glenda streckte mir die Zunge heraus. Ich nuckelte meine Tasse leer, schenkte Kaffee nach und verrührte mit langsamen Bewegungen den Zucker, während Suko Glenda in den Fall ein wenig einweihte, bei ihr jedoch auf nur geringes Verständnis traf, denn mit diesem einmaligen Zeitbegriff kam sie nicht zurecht. Auch für uns war er so gut wie nicht vorstellbar, und Glenda wollte nur noch wissen, ob der Spuk stärker sei oder das Monstrum.

»Das werden wir herausfinden.«

»Heute noch.«

»Am Abend oder in der Nacht, wenn Dämmerung und Dunkelheit über das Land ziehen.«

Sie nickte nur. Einen weiteren Kommentar gab sie nicht ab. Ihr Gesicht aber zeigte eine ähnliche Besorgnis wie das unseres Chefs. Auch sie traute uns einen Sieg kaum zu.

Ich stand auf.

Auch Suko erhob sich.

»Wenn wir wieder bei dir sind, Glenda, freuen wir uns wie irre auf deinen Kaffee.«

»Ja, ich hoffe es.«

»Bis dann.«

Wir waren schnell verschwunden, denn wir haßten beide die langen Abschiede. Jetzt hieß es nur, den Blick nach vorn zu richten. Stonehenge wartete und damit auch das Monstrum . . .

Raus aus der schwülen Stadt, hinein in das Land im Westen. In eine Gegend der Hügel, der Wälder, der Wiesen, der kleinen Städte, der Hochmoore, der prächtigen Kathedralen, aber auch der alten Klöster und verwunschenen Orte, wo fast jedes Haus seine eigene Geschichte hatte, die von Generation zu Generation weitergetragen wurde und um die sich die Mäntel der Legenden woben.

Stonehenge!

Ein magischer Name, eine Kultstätte. Menhir-Kreise

von immenser Bedeutung, die von den bisherigen Wissenschaftlern noch nicht gelöst worden waren. Ein Wahnsinn, der immer wieder zahlreiche Menschen anlockte. Esoteriker, Mystiker, Druidenkundler, aber auch Historiker und Archäologen gaben sich ein Stelldichein, so daß Stonehenge gerade im Sommer seine mystische Einsamkeit verloren hatte.

Nicht weit davon entfernt lag Glastonbury, das englische Jerusalem, und für mich das Tor nach Avalon. Ich hatte dort eines meiner rätselhaftesten Abenteuer erlebt und dabei erfahren, daß eine gewisse Nadine Berger jetzt auf dieser geheimnisvollen Insel der Äpfel lebte und dort gut untergebracht war.*

An diesem Tag galten meine Gedanken nur flüchtig dieser geheimnisvollen Insel. Wichtiger war jetzt die Umgebung von Stonehenge, die seltsamerweise kaum etwas von ihrem eigentümlichen und auch bedrückenden Reiz verloren hatte, trotz der zahlreichen Touristen, die sich in der Umgebung der Menhire aufhielten und es sich oft genug in Zeltlagern bequem gemacht hatten.

Es herrschte zudem ein ungewöhnliches Wetter. Der Londoner Dunst war verschwunden, und uns hatte ein hoher Wolkenhimmel auf der Fahrt begleitet.

Wie riesige, weiße Schafe standen die Wolken auf dem Azurblau, als wären sie Felsen, die nur an einem seidenen Faden hingen, um im nächsten Augenblick herabzustürzen.

Ich mochte den Himmel, ich mochte auch die Temperaturen, die in den letzten vierundzwanzig Stunden gefallen waren, dank eines nordwestlichen Windes, der auch die Luft so freigefegt hatte.

Die Sonne schien. Es war ein herrlicher Sommertag,

* Siehe Sinclair-Taschenbuch 73134: ›Flucht nach Avalon‹

der eigentlich unsere Stimmung hätte in die Höhe katapultieren müssen, aber wir dachten nicht so.

Unsere Gedanken beschäftigten sich mit der Zukunft, und die sah nicht eben rosig aus.

Sie kam uns beiden so düster vor wie ein mächtiger Stein von Stonehenge. Immer wenn ich genauer darüber nachdachte, überlief mich ein kühles Prickeln.

Wenn eben möglich, näherten wir uns auf etwas einsameren Wegen dem Ziel, um den Strömen der Touristen auszuweichen. Durch die offenen Fenster wehte ein besonderer Geruch in den Wagen. Da ich nicht fuhr, konnte ich mich darum kümmern, entdeckte die Buschgruppen an den Rändern der Straße und sah, daß es Wacholder war.

Er strömte den Geruch aus, und ich dachte daran, daß der Wacholder eine Pflanze der Engel, der Dunkelheit und auch der Götter war. So hatte ich es einmal gelesen.

Mir kam es vor, als rückte die Natur zusammen. Die Buschgruppen verdichteten sich, die Hügel standen in einer regelrechten Lauerstellung, und ich fühlte mich dieser anderen Macht irgendwie ausgeliefert.

Auf diesem Boden hatten frühgeschichtliche Stämme gesiedelt. Einige Erinnerungen daran glaubte ich sogar zu fühlen. Für mich strömte der Grund einen ebenfalls frühgeschichtlichen Atem aus. Ich nahm den Dunst der Blutopfer wahr und seine dunklen Ängste, die aus den hohen Hügelgräbern zu uns herüberströmten.

Ein unheimliches Land, voller Erinnerungen. Auch die riesigen Steine schienen in ihren Erinnerungen zu brüten wie Greise, deren Kraft längst aus den Körpern geströmt war und die in der Vergangenheit verweilten.

Die Steine konnten nicht vergessen. Sie hatten die Erinnerungen an die Vergangenheit in sich aufgesaugt wie das Blut ihrer Opfer. Die Luft um Stonehenge herum kam mir kälter vor, als wäre sie durch einen uralten Fluch beladen.

Suko merkte, daß ich sehr nachdenklich geworden war und erkundigte sich nach den Gründen.

»Die liegen auf der Hand, denn ich brauche nur durch die Gegend zu fahren. Da kommen die Erinnerungen. Sie steigen aus den Steinen und dem Boden hervor wie alte Filmbilder, auf denen die Vergangenheit gespeichert wurde.«

»Bildest du dir das nicht ein?«

»Das ist möglich.«

»Und wie kommt so etwas?«

»Vielleicht deshalb, weil ich auch an Glastonbury denke, das englische Jerusalem.«

»Aber mit Avalon haben wir heute nichts zu tun.«

»Wer kann das schon sagen«, erwiderte ich orakelhaft und schaute schräg nach rechts.

Wir befanden uns in einer ziemlich guten Position, denn der Weg hatte einen leichten Anstieg hinter sich und lief auf einer bestimmten Höhe weiter. Mir eröffnete sich ein herrlicher Blick nicht allein über das Land hinweg, sondern weit in die Natur hinein, bis in die Ferne, wo das wuchtige Monument der Steine aus dem Grund hervorwuchs.

Stonehenge.

Mich erfaßte schon ein Kribbeln, als ich dieses Bild sah, denn die sich leicht senkende Sonne schickte ihre Strahlen gegen das graue Gemäuer und auch in die Lücken zwischen den Steinen hinein.

Sie sorgte damit für ein ungewöhnliches Licht, das nicht strahlend hell war, sondern einen gewissen düsteren Schimmer bekommen hatte, wahrscheinlich wegen der grauen Schatten, die von den Steinen weg auf den Boden fielen.

Auch Suko hatte die Kultstätte entdeckt. »Fahren wir direkt dorthin, oder halten wir irgendwo?«

»Ich könnte einen Schluck vertragen.«

»Okay, dann stürzen wir uns in den Rummel.«

Und den gab es leider auch, denn zahlreiche Zuschauer, Wanderer und Touristen hatten nahe der Steine ihre Lager aufgebaut. Sie alle ärgerten sich darüber, daß die unmittelbare Umgebung der Kultstätte seit zwei Jahren abgesperrt worden war. Niemand sollte die inneren Kreise betreten, es war einfach zuviel zerstört worden. Ob die Leute sich daran hielten, wußte ich nicht. Jedenfalls glich die Umgebung ihrer Zelte manchmal einem Mini-Jahrmarkt.

Buden, Zelte, Wohnwagen. Autos und Motorräder. Dazwischen bewegten sich die unterschiedlichsten Typen. Von der Familie mit Kindern bis hin zum bärtigen Esoteriker im Gewand eines Druiden, der auf dem Boden saß und seinen Blick auf die Steine richtete, um in Ruhe meditieren zu können. Er ließ sich auch durch nichts stören, was ich schon bewundernswert fand. Als Suko den Wagen abschloß und mich über das dunkle Dach hinweg anschaute, da lächelte er wissend. »Du hast doch nicht angehalten, um einen Schluck zu trinken.«

»Nicht nur.«

Er kam zu mir. »Warum dann?«

Ich zeigte ihm ein schiefes Grinsen. »Kannst du dir das nicht alles denken?«

»Ja, natürlich, kann ich. Du willst dich umschauen, ob du einige von unseren nächtlichen Freunden findest.«

»Das ist es.«

»So denke ich auch.«

Wir hatten am Rande dieses in die Natur gestellten

Dorfes geparkt. Sogar fahrbare Toiletten waren vorhanden. Gewisse Leute hatten immer einen Riecher für ›Geschäfte‹.

Es gab Stände, wo wir essen und trinken konnten. An den meisten jedoch wurde irgendwelcher Kram verkauft. Steinsplitter von den Menhiren als Andenken, die angeblich positive Kräfte ausströmten und den Menschen Gesundheit und Glück versprachen.

Wer dies alles glaubte, dem war nicht zu helfen, und doch gab es genügend Kunden.

Wir gingen weiter bis zu einem runden Stand, wo Getränke verkauft wurden. Natürlich auch Bier, bei dieser Witterung herrlich. Da ließ ich den angebotenen Met gern stehen.

Natürlich waren wir nicht allein. Die unterschiedlichsten Typen standen hier und tranken. Männer und Frauen, manchmal auch Kinder. Sie alle waren zusammengekommen, um sich von der Faszination dieser Gegend anstecken zu lassen.

Das Bier war kalt, ohne Schaum und schmeckte mir nicht besonders, denn ich hatte immerhin die herrlichen Pilssorten kennengelernt, aber die bekam ich hier nicht. Auch Suko trank ein Bier. Wir standen uns gegenüber. Um uns herum erlebten wir den Wirrwarr zahlreicher Stimmen wie ein fernes Brausen. Unsere Füße standen auf einem Grasboden, der schon ziemlich zertrampelt aussah. Da würde sich kein Halm mehr erholen.

»Siehst du jemand, der dir bekannt vorkommt?«

Suko schüttelte den Kopf. »Bis jetzt noch nicht. Ich kann mir auch kaum vorstellen, daß wir einen der Sternenjünger hier finden. Ich denke, daß sie sich längst zwischen den Steinen bewegen, denn dort ist doch ihre Welt.«

»Trotz der Absperrung?«

»Wer achtet schon darauf, wenn es für ihn um lebenswichtige Dinge geht.«

»Das stimmt auch.«

Eine Frau kam. Sie trug ein langes Kleid, eigentlich mehr eine Kutte aus grobem Leinen. Ihr blondes Haar wuchs lang, war ohne eine natürliche Krause. Ich konzentrierte mich auf ihr Gesicht. Die Haut war von zahlreichen Sommersprossen gesprenkelt.

Die Frau lächelte mir knapp zu, dann blieb sie neben mir stehen. Um ihren Hals hingen dünne Lederschnüre. Vor der Brust waren sie mit allen möglichen Tailismanen bestückt, zumeist aber mit Steinsplittern oder irgendwelchen Gemmen.

Sie hatte meinen Blick bemerkt, gab erst ihre Bestellung auf – einen kleinen Krug mit Met –, dann verzogen sich die blassen Lippen zu einem Lächeln.

»Dir gefällt mein Schmuck?«

»Er ist außergewöhnlich.«

»Das stimmt.«

»Und du fühlst dich besser, wenn du ihn trägst?«

»Ich fühle mich sehr gut. Er gibt mir die innere Ruhe.« Sie trank, und ihre Augen leuchteten dabei, so gut bekam ihr das Getränk. »Auch der Met ist ein Erlebnis.«

Ich kam wieder auf die Steine zu sprechen, während sich Suko nicht um uns kümmerte, sondern seine Blicke wandern ließ, um den einen oder anderen Sternenjünger auszumachen.

»Stammen sie tatsächlich von dort?«

Sie wußte auch so, was ich damit meinte. »Ja, sogar aus dem inneren Kreis.«

»Hast du sie geholt?«

»Nein, gekauft. Im letzten Jahr, als ich hier zwei

Wochen verbrachte. Es war eine wunderbare Zeit«, erklärte sie träumerisch und versank wieder in Erinnerungen, »und ich hoffe, daß ich sie in diesem Monat wiederholen kann.«

»Dann bist du noch nicht lange hier?«

»Nein, erst einen Tag und eine Nacht.« Sie räusperte sich. »Ich heiße Randi. Aber mit einem *i* am Ende, denn dieser Name stammt aus dem Norwegischen.«

»Ich bin John.«

»Ein guter Name.«

»Findest du?«

»Ja, es gibt gute und schlechte Namen.«

»Was ist denn ein schlechter?«

Sie hob die Schultern. »Das kann ich nicht auf Anhieb sagen. Man muß so etwas spüren. Ich merke es immer, wenn jemand seinen Namen sagt, auf welcher Seite er steht.«

»Dann bin ich aber froh, daß ich auf der richtigen stehe.« Obwohl mir das Bier nicht besonders schmeckte, nahm ich einen kräftigen Schluck. Ich setzte das Glas wieder ab und stellte plötzlich fest, daß Suko verschwunden war.

Meinen verwunderten Blick bemerkte auch Randi. »Suchst du deinen Freund, John?«

»Ja.«

»Der ist gegangen. Er hatte es eilig, glaube ich. Er war auf einmal so hektisch.«

»Hast du denn gesehen, wohin er verschwand?«

»Nein, nicht genau. Hier sind auch zu viele Menschen, als daß ich ihn hätte verfolgen können.«

»Ja, das stimmt«, murmelte ich und dachte daran, daß Suko sicherlich einen der Sternenjünger entdeckt hatte und ihm auf den Fersen geblieben war. Das wäre natürlich ideal gewesen. Ich aber wollte mehr von Randi wissen und kam noch einmal auf die Namen zu sprechen. Ich mußte meine Frage wiederholen, denn sie stand da und war mit ihren Gedanken ganz woanders, nach innen gekehrt. Zwar schaute sie über den Rand der Theke hinweg, doch ich war davon überzeugt, daß sie den Trubel auf der gegenüberliegenden Seite nicht bemerkte.

»Hast du hier schon Namen erlebt, die bei dir ein negatives Gefühl ausgelöst haben?«

»Warum?«

»Es interessiert mich eben.«

Sie räusperte sich. »Ich will es dir sagen, und du bist der erste, mit dem ich darüber rede. Es ist in diesem Jahr nicht mehr so wie noch im vergangenen.«

»Kannst du das erklären?«

»Nicht direkt. Ich glaube, daß über uns ein Schatten liegt, den keiner sieht, den ich aber bemerkt habe. Da ist etwas Böses gekommen, das sich in die Steine hineingedrückt hat.«

»Woher kam es denn?«

Sie strich mit einer müden Bewegung ihr Haar zurück. »Tja – woher kam es? Das kann ich dir nicht genau sagen. Es war einfach da, verstehst du?«

»Kaum.«

»Man muß es fühlen, John. Du bist neu hier . . .«

»Was hat das damit zu tun?«

»Du mußt dich erst daran gewöhnen, verstehst du? Diese Umgebung sagt dir etwas, ohne daß du sie reden hörst. Sie spricht zwar zu dir, aber nicht mit Worten. Es kommt aus der Tiefe, aus den Steinen, es ist da und macht mich froh.«

»Aber heute nicht.«

»Richtig. Heute spüre ich eine gewisse Angst. Sie ist manchmal bedrückend, da habe ich dann Mühe, richtig durchzuatmen und Luft zu holen. Die Angst kann ich schlecht in Worte fassen, ich weiß auch nicht, wovor ich mich fürchte, da es keinen Anlaß gibt, aber sie ist vorhanden, und davon muß ich ausgehen.«

»Hängt es mit den Menschen zusammen? Ist es das Böse in ihnen?«

»Denkst du an die Seelen?«

Ich dachte zwar mehr an die Sternenjünger, aber das verschwieg ich wohlweislich und nickte.

»Nein, John, das ist es nicht.« Sie malte Figuren in eine Bierlache auf dem Tresen. »Es kommt oder strömt nicht von den Menschen ab, sondern aus der Erde, aus der Luft, aus den Hügeln, den Steinen, einfach aus allem, was wir hier sehen. Ich habe lange nach einem Ausdruck gesucht und ihn endlich gefunden. Es ist die Urangst, John. Ja, die tiefe Urangst, die in jedem Menschen steckt, die aber nicht durch die Menschen hierher gelangt ist, sondern durch etwas anderes.«

»Worüber du auch schon nachgedacht hast?«

»Und ob.«

»Ich höre.«

»Glaubst du an die Kräfte der tiefsten Vergangenheit?« fragte sie mich. Auf Umwegen wollte sie wohl ans Ziel.

»Nun ja, ich weiß nicht, wie weit du zurückgehen willst. In die Zeiten der Druiden oder in die Steinzeit oder . . .«

»Weiter, viel weiter zurück.«

»Hm – da wird es kritisch. Über diese Zeit liegen keine Berichte vor. Weder schriftlich noch mündlich. Ich denke da an die Äonen vor Atlantis. Du verstehst?«

»Ja, wir denken gleich.«

»Dann muß ich aber passen.«

Randi senkte den Kopf. Sie schaute in ihren Krug, als

könnte ihr der Honigwein die entsprechende Auskunft geben. »Du hast recht, über diese Zeit ist wenig berichtet worden, aber es hat sie gegeben, und sie ist auch nicht leer gewesen. Damals schon hat es Kräfte gegeben, die sich bis heute gehalten haben. Klar, darüber ist nichts geschrieben worden, das war auch nicht möglich. Mündliche Überlieferungen existieren ebenfalls nicht, und deshalb muß sich der sensible Mensch auf sich selbst verlassen, finde ich.«

»Das hast du getan.«

»Ja.«

»Und erfahren, gespürt. Bist tief in die Vergangenheit hineingetaucht, die im Dunkel des Vergessens liegt.«

»Nein, das ist falsch. Nicht im Vergessen. Wäre das so, hätte sich ja jemand erinnern müssen. Die Zeit ist einfach dagewesen. Man muß sie spüren.«

»Sendet sie denn eine Botschaft aus?«

»Das ist richtig.«

»Welche genau?«

Randi holte tief Luft. »Wenn ich das wüßte, wäre mir wohler. Sie sendet eine tiefe Botschaft aus. Und ich habe sie empfangen können. Sie ist nicht gut, John. Ich behaupte sogar, daß sie sich zu einer großen Gefahr entwickeln kann. Wenn ich ehrlich sein soll, muß ich sagen, daß ich mich sogar vor ihr fürchte.«

»Tatsächlich?«

»Ja. Wir Menschen sind zu klein, um dagegen anzukommen. Es ist nicht einmal eine Botschaft von dieser Welt. Sie kann aus den Tiefen des Alls stammen, in der die meisten Rätsel und Geheimnisse sicher verborgen liegen.«

»Was verheißt diese Botschaft denn?«

»Den Tod!«

Randi hatte die beiden Worte mit einem Ernst ausgesprochen, der mich erschreckte. Zudem hatte sie mich beobachtet und flüsterte: »Siehst du, auch du schreckst zusammen. Keiner will etwas vom Tod wissen, von der Kälte des Lichts . . .«

»Sternenlicht?«

Diesmal bewegte sich Randi zuckend. »Wie bist du darauf gekommen, John? Wie?«

»Es fiel mir nur ein.«

»Nein, nein.« Sie schüttelte heftig den Kopf. »Ich habe in der vergangenen Nacht erlebt, wie sich das Licht der Sterne als tödlicher Schauer an einer bestimmten Stelle sammelte.«

»Wo und wann war das?«

»Schon in den Morgenstunden, an einer bestimmten Stelle zwischen den Steinen, und zwar im inneren Kreis.«

Ich schwieg, trank etwas von der lauwarmen Brühe und nickte dann. »Das ist in der Tat bemerkenswert.«

»Meine ich auch.«

»Was hast du denn da noch bemerkt?«

»Nur das kalte Licht.«

»War niemand darin?« Auf die nächste Antwort war ich gespannt, und diese Spannung stieg, weil Randi anfing nachzudenken. »Eine sehr, sehr gute Frage, John, die den Kern so ziemlich trifft. Ich war nämlich auch der Meinung, daß es nicht nur das kalte Licht gewesen ist, das ich dort im Zentrum sah.«

»Auch ein Gesicht?«

Da war ich einen Schritt zu weit gegangen, denn sie schaute mich plötzlich mißtrauisch an: »Was weißt du davon, John?«

Ich hob beide Hände und nahm eine Abwehrhaltung ein. »Nichts, gar nichts, Randi.«

»Warum hast du es dann gesagt?«
»Es kam mir in den Sinn.«
»Nur das Gesicht.«
»Richtig.«
Sie nickte. »Es kann durchaus ein Gesicht gewesen sein, denn in das böse Licht hinein wanderte plötzlich ein Schatten, der die Form eines Gesichts hatte.«
»Na bitte.«
»Nichts ist mit na bitte. Es war plötzlich weg, und heute frage ich mich, ob ich geträumt habe. Ich werde es herausfinden, weil ich davon ausgehe, daß es zurückkehrt, und deshalb werde ich mich auf die Lauer legen.«
»Aber nicht hingehen . . .«
»In den inneren Kreis?«
»Ja.«
»Nein, nein und nein!« Sie sprach entschieden dagegen. »Das traue ich mich nicht. Es ist zu gefährlich, wie du dir denken kannst. Dort lauert das Böse.«
»Da hast du recht.«
Randi umfaßte ihren Krug mit beiden Händen und führte ihn zum Mund. Bevor sie trank, glitten ihre Blicke über den Rand hinweg, als suchten sie irgend etwas, das ihre Meinung über die vergangene Nacht bestätigen konnte.
Ich zündete mir eine Zigarette an und bekam dafür einen mißbilligenden Blick zugeworfen. Randi sagte aber nichts, dafür wurde sie von einem bestimmten Vorgang abgelenkt.
Auch ich sah, was da geschehen war.
Drei junge Männer näherten sich dem Bierstand an der gegenüberliegenden Seite. Sie unterschieden sich kaum von den anderen, trugen Jeans und lockere Hemden.

Was hatte Randi gestört? Was hatte mich gestört?

Ich wußte es. Diese drei gehörten zu den Sternenjüngern, und Randi spürte ihren negativen Einfluß.

»Sie sind böse«, flüsterte sie, »so verdammt böse . . .«

Suko war es ganz recht, daß sich sein Freund John Sinclair mit der jungen Frau unterhielt, so wurde er nicht abgelenkt und konnte sich auf die Umgebung des Getränkestandes konzentrieren.

Das war auch nötig, denn seit einigen Minuten hatte er den Eindruck, beobachtet zu werden. Er stand unter einer Augenkontrolle, was ihm überhaupt nicht gefiel, so daß er sich ziemlich unwohl fühlte und des öfteren ein Schauer über seine Arme rann.

Nebenbei bekam er mit, daß die junge Frau Randi hieß, aber auch das war ihm egal.

Er suchte einen Unbekannten.

Dabei verhielt sich Suko so, daß er nicht auffiel. Trank hin und wieder einen kleinen Schluck von der Bierbrühe oder tat auch nur so, als würde er trinken, und dabei drehte er sich sehr langsam in die andere Richtung, weg von John Sinclair.

Das Gefühl steigerte sich.

Da war jemand, der es auf ihn abgesehen hatte. Lauernde Blicke, eine kalte Kontrolle, der Hauch des Bösen, der ihm entgegenwehte, und natürlich dachte Suko an die vergangene Nacht.

Sie war sehr dunkel gewesen. Man hatte ihn in die Falle gelockt und überwältigt, aber er hatte sich trotz der schlechten Sichtverhältnisse einige Gesichter seiner Feinde merken können. Wenn der eine oder andere hier auftauchte, würde er sich wieder an ihn erinnern, das stand fest.

Noch sah er kein bekanntes Gesicht.
Er wartete . . .
Zeit verging.
Das Gefühl nicht.
Immer mehr Durstige näherten sich dem Stand oder holten einfach nur Getränke, um mit ihnen zu ihrer Gruppe zurückzugehen. Suko lauschte den Gesprächen, die sich zwangsläufig um Stonehenge drehten und auch um die Erfahrungen, die viele der Pilger gemacht hatten.
Stonehenge war in, aber nicht das Monster, denn davon sprach niemand.
Suko schaute über die Menschen hinweg. Er drehte sich nach links und blickte an einem Zelt vorbei.
Neben dem Eingang stand ein blasser junger Mann. Ziemlich groß, aber auch dürr. Er rauchte eine Zigarette, hielt sie in der hohlen Hand und schaute hin und wieder zu Suko rüber.
Das war er!
Das mußte er sein – oder?
Suko tauchte wieder ein in den Tunnel der Erinnerungen, dachte an die vergangene Nacht und vergegenwärtigte sich die Gesichter der Typen, die noch in seiner Erinnerung ihren festen Platz gefunden hatten.
Gehörte der Dürre dazu?
Es war sehr dunkel gewesen, und blasse Gesichter hatten sie eigentlich alle gehabt.
War er dabeigewesen, war er es nicht?
Suko wollte es genau wissen. Er war gespannt, wie der Knabe reagierte, wenn er sich in Bewegung setzte und geradewegs auf ihn zuging. Da mußte er dann etwas tun, falls Sukos Verdacht stimmte.
Der Dürre wurde nervös. Er warf den Glimmstengel zu Boden und trat die Glut aus.

Suko blieb vor ihm stehen.

Er starrte ihm ins Gesicht.

Der Knabe wollte seinen Blick senken. Suko ließ ihn, denn er hatte ihn erkannt.

Der Mann gehörte zu den Sternenjüngern. Er war sogar einmal auf das Podest geklettert, um auf John Sinclair einzuknüppeln. Hart, brutal und zielgenau.

Jetzt sah er aus wie jemand, der sich in ein Mauseloch verkriechen wollte. Da keines vorhanden war und er sich auch nicht kleinmachen konnte, versuchte er, sich an Sukos rechter Seite vorbeizudrücken und außen am Zelt entlangzugehen.

Ein Irrtum.

Blitzschnell griff Suko zu. Zuerst erwischte er ihn an der Schulter, zog ihn zurück, ließ ihn dabei los und umklammerte einen Moment später das rechte Handgelenk so fest, daß der Dürre zusammenzuckte und leicht in die Knie ging.

»Du bleibst hier, mein Freund!«

»Laß mich los!«

»Nein, erst wenn ich will.« Suko drückte ihn vom Eingang weg und um die Ecke herum an die rechte Außenseite des Zelts. Dort blieben sie stehen, und die Angst des Kerls wurde von Sekunde zu Sekunde mehr. Gleichzeitig schwitzte er, und sein Gesicht fing an zu glänzen.

»Ich möchte mich bedanken«, sagte Suko.

»Wofür?« Der Kopf des ungefähr Zwanzigjährigen zuckte hoch. Seine Augendeckel fingen an zu flattern, denn plötzlich wußte er, daß ihm Suko eine Falle gestellt hatte.

»Für die nette Behandlung in der vergangenen Nacht, mein Freund. Ich habe sie richtig genossen und möchte mich dafür eigentlich revanchieren. Klar?«

»Ich weiß nicht, wovon du sprichst, und laß mich jetzt endlich los, verdammt!«

»Das bestimme immer noch ich. Du weißt also nicht, wovon ich spreche?«

»Nein.« Er log, ohne rot zu werden.

»London. Das Monstrum, das Sternenlicht und der Sternenstaub, dann noch der Spuk . . .«

»Kenne ich nicht, kenne ich alles nicht!«

»Wie viele seid ihr? Alle?«

»Ja, und . . .« Er hatte sich verplappert, biß sich auf die Zunge, wurde knallrot im Gesicht, und als er Sukos Lächeln sah, hätte er sich die Zunge im nachhinein am liebsten selbst abgebissen.

»Sehr schön.«

»Nichts ist schön, gar nichts. Ich weiß nicht, was das soll. Wovon redest du überhaupt?«

»Was habt ihr vor?«

»Gar nichts.«

»Willst du in den Knast wandern, Freund? Ich kann beschwören, daß du auf einen Polizisten eingeprügelt hast. Das wird dich schon einiges kosten. Da kannst du von deinen komischen Steinen nur mehr träumen. Es gibt auch die andere Möglichkeit. Du verrätst mir, was ihr vorhabt, und ich vergesse dich.«

»Läßt du mich dann laufen?«

»Klar.«

Noch überlegte er. Suko warnte ihn sicherheitshalber vor Lügen und Falschaussagen, doch der Dürre schüttelte den Kopf. »Ich lüge nicht. Wir werden in der nächsten Nacht erleben, wie das Monstrum die Steine übernimmt.«

»Was heißt das?«

»Seine große Kraft wird auch auf die Steine übergehen. Es wird sie damit versehen. Sie sollen das Sternenlicht in sich aufsaugen. Dazu sind sie bereit. Das Monstrum hat sich lange hier aufgehalten und getestet. Es hat sich für Stonehenge entschieden, weil auch in den Steinen eine sehr alte Kraft lauert, der Zauber der Vergangenheit.«

»Ihr schaut dabei zu?«

»Ja.«

»Von hier aus?«

»Nein, nein, wir gehen näher heran, denn auch wir werden mit dem Licht der Sterne getauft werden, damit wir in den Kreislauf eingehen können. So und nicht anders wird es ablaufen.«

»Das glaube ich dir.« Suko räusperte sich. »Du hast vor der Sternenlicht-Taufe keine Angst?«

»Nein, warum sollte ich? Sie wird mir neue Kräfte verleihen. Die alten Kräfte in mich eindringen lassen. Wir werden bald besser sein als die übrigen Menschen. Wir werden ein immenses Wissen bekommen über Dinge, die andere nicht einmal kennen. Das alles wird geschehen, wir wissen es, denn der Götze meint es ehrlich.«

»Ehrlich bis in den Tod«, sagte Suko.

»Was soll das?«

»Will ich dir sagen, mein Freund. Ich habe erlebt, wie Whisper starb. Er war schon von dem Sternenlicht erfüllt, aber es hat ihn getötet. Der Götze wollte ihn nicht mehr. Whisper verschwand vor unseren Augen, und es blieb nicht einmal Sternenstaub von ihm zurück. Möchtest du das gleiche Schicksal erleiden?«

»Das glaube ich dir nicht.«

»Es stimmt aber.«

Der Knabe schwitzte und schwieg. Suko hatte ihn längst losgelassen, dennoch traf er keine Anstalten, sich aus dem Staub zu machen. Wie ein Häufchen Elend stand er vor dem Inspektor, durch dessen Körper vor neugierigen Blicken geschützt.

»Ich werde dich gehen lassen, das habe ich dir versprochen. Es liegt nun an dir, wie du dich verhältst.«

»Was soll ich denn tun?«

»Jedenfalls kein Wort zu deinen Freunden.« Suko lächelte. »Es könnte dir schlecht bekommen.«

»Ich weiß.« Er schabte mit den Füßen. »Dann gehe ich jetzt. Ist das okay?«

»Ja.«

»Und was ist mit Ihnen?«

Suko lächelte breit. »Wir werden zu gegebener Zeit schon etwas tun, darauf kannst du dich verlassen . . .«

Drei Männer standen auf der gegenüberliegenden Seite des Standes und schauten zu uns herüber. Das war auch Randi nicht verborgen geblieben, wie ich an ihrer ersten Reaktion hatte feststellen können. Sie bekam jetzt eine Gänsehaut, als hätte eine innere Uhr Alarm geschlagen. »Es ist so kalt«, flüsterte sie mir plötzlich zu.

»Hier?«

Sie deutete ein Nicken an. »Ja, nur spüre ich keine normale Kälte, die hier ist anders. Ich habe dir von dem Bösen berichtet, das ich gespürt habe. Es ist näher an uns herangekommen. Du siehst ja auch die drei jungen Männer.«

»Sicher.«

»Sie sind so negativ. Wenn ich ihre Namen und die Stimmen hören könnte, würde ich noch Genaueres sagen.« Sie schüttelte sich. »Grauenvoll sind sie.«

»Kannst du mir auch sagen, was sie vorhaben?«

»Nein, leider nicht. Konzentriere dich auf die Augen, John.«

»Sorry, aber die sind mir etwas zu weit weg.«

»Sie bewegen sich. Jeder bewegt seine Augen. Bei ihnen aber ist es etwas anderes. Die schauen böse, sehr böse. Auch lauernd, als wären sie von Feinden umgeben. Bist du ihr Feind, John?«

»Wieso? Sollte ich das?«

»Ich weiß nicht, aber sie konzentrieren sich auf dich. Es kommt mir vor, als hätten sie nur auf dich gewartet und dich endlich erkannt. So und nicht anders ist es. Ich kann mir aber nicht vorstellen, daß du zu ihnen gehörst, das hätte ich gemerkt.«

»Du hast recht.«

»Machst du dir Sorgen?«

»Nein.«

Randi blickte mich an. Ihre Augen waren von einem hellen Blau mit einem Stich ins Grüne. Klare, schöne Augen, die mich an Bergseen im Winter erinnerten. Nichts Falsches lag in diesem Blick, als sie dann nickte und sich abwandte, zugleich aber scharf die Luft einsaugte, denn die drei Typen waren verschwunden.

»Wo sind sie, John?«

»Sorry, ich habe sie nicht gesehen.«

»Das ist nicht gut. Ich hätte sie gern unter Kontrolle behalten. Ich kann mir von ihnen vorstellen, daß sie die Stätte hier entweihen. Sie haben etwas Schlimmes vor, John, glaube es mir.«

»Das denke ich auch.«

»Wieso? Weißt du mehr?«

»Nicht viel, ich . . .« Hinter mir knirschten Schritte. Ich schaffte noch eine halbe Drehung, dann legte sich eine Hand schwer auf meine Schulter und drückte mich wieder in die alte Stellung zurück. Auch Randi wurde von zwei Händen festgehalten. Der Mann stand so dicht hinter ihr, daß nicht auffiel, wie er die Arme dicht über ihren Ellenbogen umklammert hielt. Dabei sprach er kein Wort, was auch nicht nötig war, denn der dritte hatte plötzlich ein Stilett gezogen, dessen Spitze unangenehm meinen Rücken berührte.

»Da bist du ja wieder!« hörte ich das Flüstern an meinem rechten Ohr. »Gibst nie auf, wie?«

»Nicht bei euch.«

Der Messerhalter lachte leise. »Die Klinge ist toll. Scharf geschliffen. Sie wird deinen Körper durchdringen, als bestünde er nur aus weichem Fett. Du wirst uns nicht mehr stören, das verspreche ich dir, Hundesohn.«

»Diesmal ist auch keiner in der Nähe, der dich retten wird«, versprach mir ein anderer.

Randi verstand die Welt nicht mehr. Sie hatte den Kopf nach rechts gedreht. In ihren Augen las ich zahlreiche Fragen, war aber nicht in der Lage, Antworten zu geben. Die Bedienung kümmerte sich sowieso nicht um uns, sie hatte anderes zu tun.

»Ein Mord, hier?« fragte ich.

»Klar, das ist einfach. Ich stoße zu, und du wirst zusammensacken. Deine Kleine schaffen wir weg. Tot oder lebendig, das ist uns jetzt egal. Für uns zählt nur das Ziel.«

»Der Götze, wie?«

»Ja, und die folgende Nacht!«

Das war genau der Hinweis, der mir noch gefehlt hatte. Natürlich war das noch zuwenig. Ich wollte mehr wissen und den anderen aus der Reserve locken. Dabei mußte er vor allen Dingen in Sicherheit gewiegt werden, aber so etwas war leicht zu machen.

»Was habt ihr denn vor?«

»Viel, sehr viel. Weltverändernde Dinge. Alles wird anders werden. Wir werden wieder die Ursprünge erleben und die Kraft aus dem Licht der Sterne schöpfen.

Sie ist mit keiner anderen Kraft zu vergleichen, denn das Sternenlicht besitzt die Ursprünglichkeit, aus der alles andere entstanden ist. Die Welt wird nach dieser Nacht für uns nicht mehr so sein wie heute noch. Das steht fest.«

»Da stimme ich dir zu. Nur frage ich mich, ob der Tod so weltverändernd ist? Der Tod ist doch etwas ganz Normales. Geburt und Sterben gehört zusammen, das ist der Beginn und gleichzeitig das Ende der Strecke.«

»Vom Tod oder vom Sterben habe ich nicht gesprochen.«

»Weiß ich, aber es wird sich nicht vermeiden lassen.«

Meine Worte hatten ihn geärgert, und er verstärkte den Druck der Messerspitze. »Rede nicht so einen Schwachsinn, Sinclair, sonst . . .«

»Laß mich ausreden, Meister! Du irrst dich, und ich werde recht behalten. Einer von euch ist bereits gestorben. Ich kannte ihn. Er hieß Whisper. Vor meinen Augen löste er sich auf, als sich das Licht der Sterne gegen ihn wandte.«

»Das war abgesprochen.«

»Tatsächlich?«

»Ja. Whisper hat uns verraten, deshalb mußte er von dem Götzen bestraft werden.«

»Sehr schön . . .«

»Hör auf, Sinclair. Du kommst hier nicht raus. Du wirst uns auch nicht daran hindern, weil wir dich aus dem Verkehr ziehen werden. Das ist alles, was ich dir sagen wollte.«

Randi hatte zugehört, aber kaum etwas begriffen. Unser Gespräch mußte für sie mehr als fremd sein. Urplötzlich wurde sie mit Dingen konfrontiert, an die sie im Traum nicht gedacht hatte. Sie war eine Person des Friedens, sie suchte den Weg der Erfüllung auf ihre

Art und Weise, und wurde jetzt buchstäblich in das kalte Wasser geworfen. Mich würde interessieren, was sie jetzt über mich dachte. Wahrscheinlich war ich bei ihr unten durch.

Ich schaute sie an. Sie rührte sich nicht. Zwischen ihren Augen hatte sich eine kleine, steile Falte gebildet, ein Zeichen, daß sie schon nachdachte, und mit beiden Händen hielt sie den Krug fest.

Ich dachte auch an Suko. Er war plötzlich verschwunden, und ich hoffte, daß es ihm besser erging als mir und er sich nicht hatte einfangen lassen.

»Wer sind diese Kerle?« fragte Randi.

»Nicht eben meine Freunde.«

»Das habe ich gemerkt. Sie sollen verschwinden. Sie sind zu negativ. Ich spüre, daß sie nicht hierher gehören. Ich mag sie nicht, nein, ich mag sie nicht.« Randi wollte sich umdrehen, sie war aber zu langsam. Der Typ hinter ihr hob seinen Arm. Er spreizte die Finger. Dann umklammerte er ihren Nacken. Eisern hielt er fest.

Er drückte ihren Kopf nach vorn, als wollte er das Gesicht in die Krugöffnung tauchen. »Halte du dich da raus, Schwester, sonst durchbohren wir dich ebenfalls.«

»Ich habe keine Angst.«

»Du wirst bald . . .« Er keuchte plötzlich und sah aus, als wollte er jeden Moment nach rechts zusammenbrechen. Nur mühsam hielt er sich auf den Beinen. Ich sah, daß in seinen Augen Tränen schimmerten und konnte mir den Grund dafür vorstellen.

Wahrscheinlich hatte Randi zugetreten.

Knallhart und blitzschnell.

Der Typ saugte die Luft ein. Ich wollte mich ebenfalls bewegen, aber das Messer in meinem Rücken vereitelte dies. »Du bleibst ganz ruhig, Hundesohn.«

Randi drehte sich.

Mit dem Kniestoß hatte sie nicht gerechnet. Es war ein hinterlistiger Angriff gewesen, und das Knie hatte sie in Bauchhöhe getroffen. Sie verzog den Mund, konnte nicht mehr sprechen, nur würgen, und preßte ihre Hände auf den Magen.

»Kleine Rache«, sagte der Getretene. »Sei froh, daß wir mit dir nicht noch mehr anstellen. Du hast es besser als Sinclair.«

»Glaube ich nicht!«

Drei Worte reichten aus, um die Typen hinter mir erstarren und mich innerlich jubeln zu lassen. Ich hatte Sukos Stimme erkannt, und mein Freund sprach auch weiter. »Eine Kugel ist immer schneller als der Stich mit einem Messer, du Held. Was du da so angenehm kalt an deinem Nacken spürst, ist der Druck einer Mündung. Das ist kein Scherz, und ich bin auch kein Geist. Laß es lieber fallen, denn du weißt, daß wir am längeren Hebel sitzen.«

Suko brauchte den Befehl nicht zu wiederholen. Mein Rücken war plötzlich frei. Einen Moment später hörte ich den Laut, mit dem das Messer zu Boden fiel.

Jetzt drehte ich mich um, bekam noch mit, daß Randi ihre Hände gegen den Magen gepreßt hielt und sah Sukos Gesicht. Mein Freund stand hinter den Typen, ich vor ihnen. Wir hatten sie perfekt in die Zange nehmen können.

»Wißt ihr nun Bescheid?«

Kein Wort drang über ihre Lippen. Sie schwiegen verbissen. Dafür redete Randi. »Sie sind schlecht, abgrundtief schlecht und negativ. Sie haben sich auf einen gefährlichen Weg begeben, der sie ins Verderben stürzen wird.«

»Habt ihr gehört? Sie spricht die Wahrheit. Wenn ihr

einen Rat haben wollt, macht zu, daß ihr wegkommt. Verschwindet, haut ab! Laßt euch in unserer Nähe nicht mehr blicken. Aber zuvor will ich wissen, wie ihr es schaffen wollt, in das neue Leben oder die neue Existenz einzutauchen. Das würde mich interessieren.«

»Ich weiß es, John!« meldete sich Suko. »Sie brauchen nichts zu sagen, das können wir alles ohne sie.«

»Noch besser.«

»Willst du sie ausschalten?«

»Nein, sie können verschwinden.« Während der Worte hatte ich meinen rechten Fuß auf das Messer gestellt. Keiner sollte auf die Idee kommen und sich bücken, um die Waffe aufzuheben.

Wahrscheinlich hatten sie mir nicht geglaubt, denn sie blieben stehen. Dann schlug Randi dem Treter plötzlich ins Gesicht. »Das mußte sein«, erklärte sie dem völlig Überraschten, dessen Wange sich rötete. »Ich mache so etwas nicht oft und sehr ungern, aber diesmal war es mir ein Bedürfnis.« Sie hatte mit einem großen Ernst gesprochen, und ich nahm ihr jedes Wort ab.

Die drei Kerle zogen sich zurück.

Ich holte tief Luft. »Endlich Platz zum Atmen«, sagte ich und hob das Messer auf.

Randi gestattete ich durch diese Bewegung einen Blick auf meinen Rücken. »Du blutest ja«, sagte sie.

Ich richtete mich wieder auf. »Ist nur ein Kratzer. Der läßt sich ertragen.«

Randi war mißtrauisch geworden, und sie dachte auch über uns nach. Zuvor trank sie einen Schluck. »Wer seid ihr?« fragte sie leise, doch bestimmt. »Was steckt hinter euch?«

»Ich heiße Suko.«

»Und ich bin Randi. Aber darauf wollte ich nicht hinaus. Ich meine, ihr kommt mir sehr seltsam vor. Ich kann nicht genau sagen, was mich jetzt stört, es ist aber nicht schlimm . . .«

»Augenblick, Randi«, sagte ich. »Würde es dich sehr stören, wenn ich dir sage, daß wir Polizisten sind?«

Sie bekam für einen Moment große Augen. »Polizisten?« hauchte sie. »Tatsächlich . . . Bullen . . .?«

»Ja.«

Für einen Moment verdeckte sie das Gesicht mit beiden Händen.

»Das gibt es nicht, das kann es nicht sein, das ist nicht möglich!«

»Warum nicht?«

»Die Ausstrahlung, John, um die ging es mir. Sie . . . sie war nicht negativ, sondern . . .«

»Warum sollte sie denn negativ gewesen sein?« erkundigte sich Suko, der einiges nicht begriff.

»Weil man das von einem Polizisten nicht gewohnt ist. Ich habe alles erlebt, muß sagen, daß . . .«

»Es gibt auch andere.« Ich legte ihr eine Hand auf die Schulter. »Wir werden diesen gastlichen Ort verlassen. Einverstanden?«

»Und dann?«

»Werde ich versuchen, dir einiges zu erklären.«

Randi blitzte mich aus ihren klaren Augen an. »Warum nur versuchen?« flüsterte sie. »Traust du mir nicht zu, gewisse Vorgänge zu begreifen?«

»Das nicht, aber es ist doch ein wenig kompliziert.«

»Hängt es mit den Steinen zusammen?«

»Auch.«

»Und womit noch?«

»Ich übertreibe nicht, wenn ich dir sage, daß die Anfänge des gesamten Seins auch eine Rolle spielen.«

Da bekam sie eine Gänsehaut.

Suko nickte mir zu. Ich schob Randi weiter, und sie ließ sich schweigend wegführen.

Suko und ich hielten die Augen offen. Doch von unseren nächtlichen Freunden bekamen wir nichts zu sehen.

Verschwunden waren sie nicht, nur abgetaucht. Wenn der Zeitpunkt für sie günstig war, würden sie schon erscheinen.

Darauf freute ich mich wirklich nicht . . .

Wir hatten einen quer auf dem Boden liegenden Baumstamm gefunden und darauf Platz genommen. Der Stamm lag etwas weiter vom eigentlichen Lager entfernt, so hatten wir eine relative Ruhe, und auch die Umgebung war ziemlich gut einsehbar.

Und noch etwas kam hinzu.

Wir saßen in Sichtweite der Steine!

Es war ein imposantes Bild, denn wir schauten direkt gegen die Formation aus Menhiren. Wir sahen die verschiedenen Ringe, wir sahen aber auch die Lücken in ihnen, durch die das Sonnenlicht fiel und dem Gebiet einen sehr bestimmten Glanz gab.

In seiner Farbe kam er mir irgendwie unirdisch vor, aber er paßte dazu, und die große Formation hob sich wie eine Schatten-Performance vor uns ab.

Nichts rührte sich dabei, nichts veränderte sich an den Steinen selbst, die dort wie eine Warnung standen, als wollte die Urzeit in die Gegenwart eingreifen.

Uns umgab die besondere Atmosphäre von Stonehenge, die wir schon auf der Herfahrt gespürt hatten. Auch hier wehte uns der Geruch des Wacholders entgegen. Jeder Fußbreit Boden atmete die Vergangenheit aus, in jeder Steinpore steckte die Erinnerung an Zeiten, die von den heute lebenden Menschen nicht verstanden werden konnten.

Ich dachte beim Anblick des Monuments an Avalon, an König Artus, an die Ritter der Tafelrunde, aber ich dachte auch an Nadine Berger, die in Avalon ihre zweite Heimat gefunden hatte. Nach wie vor war mir die Insel ein Rätsel. Sie würde es auch immer bleiben, vorausgesetzt ich schaffte es, einige ihrer Geheimnisse zu lüften.

Und eines davon hieß – ja, wie hieß dieser mächtige Urzeit-Dämon eigentlich?

Er hatte keinen Namen.

Das Monstrum.

Das Monstrum von Stonehenge, das war alles, und daran würden wir uns auch halten.

Suko hatte uns erklärt, daß die Sternenjünger auf den Einbruch der Dunkelheit warteten, und dort sollte sich dann alles entscheiden. Sie würden zu den Steinen gehen und ihre Sternenlicht-Taufe empfangen, um voll und ganz in die Kontrolle des Monstrums zu geraten. Daran mußten wir sie natürlich hindern, was allerdings bei unserer Begleiterin Randi auf Skepsis gestoßen war, denn sie hatte staunend gefragt, wie so etwas nur möglich sein würde.

»Das läßt sich alles regeln.«

»Ich glaube es nicht.«

»Warum nicht?«

»Die Macht ist zu groß, John!« flüsterte sie und schaute schaudernd zu den Steinen hin.

Ich wechselte das Thema, wobei ich ihr insgeheim nicht recht gab. Ich wollte auf etwas anderes hinaus, redete über Cortez und fing auch an, ihn zu beschreiben. Zuletzt wollte ich wissen, ob sie den Mann kannte oder schon einmal hier gesehen hatte.

»Das ist schwer, John. Es laufen viele außergewöhnliche Menschen hier herum. Nicht alle tragen einen normalen Haarschnitt, weil sie in der Regel zu große Individualisten sind.«

»Er heißt Cortez!« wiederholte ich noch einmal.

Sie hob die Schultern.

»Und was war mit den anderen drei Typen, die uns ans Leder wollten?« fragte Suko.

»Die habe ich hier nie gesehen. Aber ich spürte ihre schlimme Ausstrahlung.«

»Und warum bist du hier?« fragte er.

Randi runzelte die Stirn. Der Wind hatte einige ihrer Haarsträhnen in die Stirn geschoben. Mit einer müden Bewegung wischte sie diese zur Seite. »Ich bin wohl aus demselben Grund hier wie alle anderen auch«, erklärte sie. »Wir sind auf der Suche. Wir wollen forschen und herausfinden, welche Dinge wirklich wichtig sind. Ich bin davon überzeugt, daß uns die Vergangenheit viel zu sagen hat, obwohl sie für die meisten der Menschen ein Rätsel ist. Aber für jedes Rätsel gibt es eine Lösung, auch hier. Das finde ich schon.«

»Was willst du genau erfahren?«

»Ich möchte Informationen, John, wie es einmal war. Ja, ich will wissen, was sich ereignet hat. Ist das so schlimm? Ich glaube nämlich, daß die Steine und der heilige Boden um sie herum vieles gehortet haben. Ein immenses Wissen, man muß sich nur daran herantasten und den Schlüssel finden, um die Türen zu öffnen.«

»Hast du das?« fragte ich.

Sie schaute in die Ferne und schüttelte den Kopf.

Ich ließ nicht locker.

»Hast du dich denn näher an dieses Wissen herantasten können?«

Jetzt lächelte sie scheu. »Das weiß ich nicht genau, John. Ich kann es wirklich nur hoffen.«

»Was weißt du denn?«

»Zuwenig.«

»Kennst du das Stonehenge-Monstrum? Wenn nicht – hast du möglicherweise davon gehört?«

Sie runzelte die Stirn. »Nein, wirklich nicht. Ich habe davon nichts gewußt.« Sie verengte die Augen. »Wer ist das denn?«

»Kann ich dir nicht genau sagen. Ein mächtiger Dämon, der schon sehr, sehr lange existiert und sich ausgerechnet Stonehenge als seine Heimat ausgesucht hat.«

»Gibt es die wirklich, die Dämonen?«

»Bestimmt.«

»Wie sieht er denn aus?«

»Er besteht aus einer Mischung zwischen Licht und Materie. Er hat das Licht der Sterne nicht nur eingefangen, er ist daraus entstanden. Aus Sternenstaub und Sternenlicht, und seine Freunde oder Diener nennen sich Sternenjünger. Sie hatten ihn sogar bis nach London gebracht, aber dort hat er seine Kräfte nicht entfalten können, wie es eigentlich vorgesehen war. Er mußte verschwinden, zurückkehren nach Stonehenge, seiner eigentlichen Heimat. Er ist das Monstrum, und ich befürchte, daß er es schaffen wird, die Steine zu beherrschen.«

Randi ließ sich die Worte durch den Kopf gehen. »Kann man denn dagegen nichts tun?«

»Wir werden es versuchen.«

»Und was, bitte? Seid ihr denn als Menschen so mächtig wie dieses Monstrum?«

»Eine gute Frage. Vielleicht haben wir Glück und bekommen Hilfe.«

Sie lächelte. »Habt ihr dabei vielleicht an mich gedacht?«

»Nein, nicht direkt.«

»Sondern?«

»Du kennst dich hier aus. Es hat sich einiges verändert. Du könntest uns sagen, wie wir an die Steine herankommen. Wie ich weiß, gibt es Absperrungen. Man will nicht mehr, daß dieses Monument durch Menschen verändert wird. Aber wir müssen hin.«

»Überklettert die Absperrung einfach. Es sind keine stromführenden Zäune. Hin und wieder werden Kontrollen gemacht, aber nicht in jeder Nacht. Warum sollt ihr kein Glück haben?«

»Warst du schon da?«

Randi senkte den Kopf. »Muß ich das sagen?«

»Du mußt nicht, aber es wäre gut.«

»Ja, ich war einmal dort. Im Zentrum sogar. Ich habe erlebt, welcher Geist die Steine umweht. Ich habe gespürt, daß dies hier eine völlig andere Welt ist. Für mich waren es mit Wissen gespeicherte Magnetfelder, die mich berührten. Ich fühlte mich nach meiner Rückkehr so glücklich und sauber wie nach einem seelischen Bad.«

Über diesen Vergleich mußte ich lächeln. Wahrscheinlich stimmte er für Randi schon. Wir aber würden uns kaum glücklicher fühlen, es sei denn, wir schafften das Monstrum.

Aber wie?

Würde der Spuk erscheinen und uns dabei helfen? Einmal war das Monstrum vor ihm geflohen, hier aber war es stärker. Diesen Platz hatte es sich ausgesucht.

Ich blickte wieder zu den Steinen hin.

Sie waren noch weit entfernt. Im Licht der allmählich tiefer sinkenden Sonne kamen sie mir sehr nah vor.

Als brauchte ich nur meine Hand auszustrecken, um hinzugreifen.

Ich stand auf.

Randi sprach mich an. »Willst du jetzt schon gehen?«

»Das ist wohl besser, denn wir müssen dort sein, wenn die Dunkelheit anbricht.«

»Und was ist mit mir?«

»Du kannst hier in der Nähe bleiben und uns schlichtweg die Daumen drücken . . .«

Einige Zeit später.

Eine Luft, die glühte, die so rot war, als habe jemand die Klappe eines riesigen Backofens geöffnet, der mehr als die Hälfte des Himmels einnahm. Jedenfalls wurde der Westen von dieser Röte völlig beherrscht, und in sie hinein schoben sich wie flache Zungen die grauen Streifen der Dämmerung und der langgestreckten Abendwolken.

Der Himmel über uns bildete ein phantastisches Gemälde, nur hatten wir dafür keinen Blick, da wir uns voll und ganz auf die vorliegende Aufgabe konzentrieren mußten.

Stonehenge öffnete sich uns. Wir waren schon ziemlich nahe an die Steine herangekommen, hatten die erste Sperre auch überwunden und die Verbotsschilder ignoriert.

Aus der Ferne betrachtet sahen die Steine immer relativ klein aus. Dieses Bild hatte sich nun verändert. Als mächtige, unheimliche Klötze standen sie vor uns, und jetzt waren wir es, die wir uns so klein vorkamen. Wir brauchten die richtige Einstellung, um weiterzumachen und nicht aufzugeben, alles andere konnten wir vergessen.

Nur nicht an die Folgen denken, nicht an das Monstrum mit seiner immensen Urkraft, die uns Menschen weit überlegen war. Nicht an eine Niederlage denken, nur vorausschauen, zudem waren wir ja nicht zum erstenmal hier.

Wir hatten erlebt, daß es sogar eine Verbindung zwischen den Steinen hier und dem alten Atlantis gegeben hatte, aber das konnten wir heute vergessen. Hier ging es um Dinge, die Milliarden von Jahren zurücklagen, wo die Erde noch nicht die Erde gewesen war.

Dafür hatte es die Sterne gegeben, andere Planeten waren schon entstanden, hatten sich früher entwickelt und auch ihre Kräfte bereits ausgeströmt, von denen nicht nur der uralte Spuk, sondern auch das Stonehenge-Monstrum profitiert hatte.

Ausgerechnet den Menschen der heutigen Zeit war es gelungen, eine Verbindung herzustellen. Die Esoteriker hatten es geschafft, und sie waren diejenigen, die auf keinen Fall aufgeben würden und weitermachten.

So und nicht anders sah es aus.

Ich schaute zurück, weil ich Sukos Schritte nicht mehr hörte. Mein Partner stand im Schatten eines mächtigen Menhirs, der in seiner oberen Hälfte eine leichte Krümmung nach rechts zeigte.

»Ist was?«

Er hob die Schultern. »Ich kann es dir nicht genau sagen, John, aber ich habe den Eindruck, als wäre ich nicht mehr allein.«

»Was hast du gehört?«

»Nur ein Gefühl.«

Darauf wollte ich schon achten. Zwar hatten wir keine Beweise für gewisse Dinge, aber wir mußten damit rechnen, daß auch die Sternenjünger den Weg zu den Steinen gefunden hatten und sich nun versteckt hielten, denn Schatten und dunkle Winkel gab es schließlich genug.

Suko schlenderte heran. »Wie gesagt, es ist nur ein Gefühl. Laß uns weitergehen.«

Wir fanden immer wieder Lücken, bewegten uns sehr dicht an den Steinen vorbei. Hin und wieder faßte ich den Fels an. Für mich gab es keinen Unterschied zu den normalen Felsen in einem Gebirge. Es floß nichts hindurch, das ich eventuell hätte fühlen können. Sie waren tot, erstarrt, ohne Leben und Botschaften.

Möglicherweise war ich auch nicht der Richtige, um dies alles zu spüren. Für uns war wichtig, daß wir das Monstrum trafen und nach Möglichkeit vernichten konnten. War natürlich verdammt schwer.

Ich schaute nach oben.

Der Himmel malte sich noch immer wie ein gewaltiger Flammenherd über den Steinen ab. Bald würde er verschwunden sein, dann kam die Dunkelheit, in die auch die Steine versinken würden.

Darauf warteten wir.

Wir näherten uns dem inneren Kreis, dem Zentrum. Wir tauchten unter den Steinbrücken hindurch, die mal normal gerade standen, dann auch schiefe Gebilde aussehen ließen wie Tore, die dicht vor dem Einsturz standen. Kein Geräusch störte uns. Keine Schritte, kein Flüstern.

Der Grasboden hatte sich nicht wieder erholt. Von zahlreichen Füßen war er zertreten worden, da war es schon besser, wenn man den Besuchern nicht erlaubt, dieses Refugium zu betreten.

Ein leichter Abendwind war aufgekommen. Er umwehte uns und fuhr auch durch die Lücken. Er brachte einen leichten Staubgeruch mit, aber keine Frische.

Die mächtigen Menhire schwiegen. Zeugen einer großen Vergangenheit, über die uns die Kelten und Druiden sicherlich hätten mehr sagen können, aber das alles blieb Spekulation.

»Sind wir da?« fragte Suko.

»Ja, sieht so aus.«

Das war das Zentrum, der kleinere Kreis, in dem auch noch andere Steine standen.

Wie mächtige Finger, die uns drohen wollten, ragten sie vor uns hoch. Sie kamen mir ehrfurchtsgebietend vor, und wir hielten für eine Weile den Atem an, wurden eins mit der Natur, um auf ihre Stimmen und Botschaften zu lauschen.

Es brachte nichts. Als ich ausatmete, hob ich gleichzeitig die Schultern. »Ich hoffe nicht, daß wir uns geirrt haben.«

»Wie kommst du darauf?«

»Es ist niemand da. Wir sind so allein. Es tut sich nichts.«

Suko nickte. »Kann es sein, daß wir hier zu früh erschienen sind? Wir sollten uns in Geduld fassen.«

»Das sagt sich so einfach.«

Mein Freund suchte sich einen der Steine aus. Er ging durch das Dämmer wie ein Schatten, seine Schritte waren kaum zu hören. Als er den Stein erreicht hatte, ließ er sich dort nieder, lehnte sich mit dem Rücken dagegen und streckte die Beine aus.

»Du hast Nerven«, sagte ich.

»Egal, John. Ich sitze lieber.«

Suko nahm den Fall gelassener als ich. In mir kribbelte es. Mein Blut schien elektrisch aufgeladen zu sein. Auch an meinen Haaren lief der Strom entlang, so daß ich den Eindruck nicht los wurde, als wären sie dabei, sich aufzurichten.

Würde das Monstrum erscheinen?

Auch Suko suchte danach. Seine Haltung hatte er nicht verändert, dafür aber schaute er gegen den Himmel, der immer mehr von seiner Sonnenröte verlor und der anbrechenden Dämmerung Platz schaffen mußte. Wir hatten die Augen immer offengehalten, doch nirgendwo die Steinplatte mit dem Gesicht des Monstrums entdeckt.

Ich fragte mich auch, wie sich der Spuk verhalten würde? Schaffte er es, noch einmal einzugreifen? Wollte er das überhaupt, oder nahm er das Monstrum hin?

Als ich mit Suko darüber reden wollte, hob dieser eine Hand und legte den ausgestreckten Zeigefinger gegen die Lippen. Die Geste war klar. Ich sollte ruhig sein, denn wahrscheinlich hatte er etwas gehört.

Er stand auf.

Sehr leise, sehr gleitend. Es war so gut wie kein Schaben zu vernehmen.

Dann deutete er an mir vorbei. Ich schaute zurück und praktisch in einen Gang zwischen den Steinen hinein. Oft wirkten sie wie Röhren oder Tunnels, die den Schall besser leiteten, und Suko hatte genau in dieser Hörrichtung gesessen.

Ich stellte ihm meine Frage mit den Augen. Er formulierte die Antwort ebenfalls lautlos, so daß ich sie von seinen Lippen ablesen mußte. ›Da kommt jemand. Schritte . . .‹

Sofort danach wechselte er seinen Standort und suchte sich einen anderen aus.

In einer relativ guten Deckung blieb er stehen.

Zeit verging.

Ich hatte mich auch an eine Wand gepreßt und schaute dorthin, wo Suko das Geräusch vernommen hatte. Erst war nichts zu hören, dann vernahm ich das

Schleifen, danach war es wieder still, wenig später entstand das Geräusch erneut, und ich schaffte eine Identifizierung.

Da kam jemand.

Und dieser Jemand ging in einem bestimmten Rhythmus. Er setzte seinen Fuß auf, lief einige Schritte, wartete dann ab, bevor er seinen Weg fortsetzte.

Jedenfalls war es nicht das Monstrum persönlich. Ich rechnete mit den Sternenjüngern, die in dieser Nacht ihre ungewöhnliche Lichttaufe erhalten sollten.

Kamen sie alle?

Dann wäre es wieder so ähnlich gewesen wie in der vergangenen Nacht. Nur würden wir uns diesmal nicht so leicht überwältigen lassen, das stand fest.

Wieder zwei, drei Schritte.

Dann war er da.

Wir sahen und erkannten ihn. Es war Cortez, der Mann mit dem Pferdeschwanz, und er sah noch so aus wie in der vergangenen Nacht. Er hatte sich nicht umgezogen. Die Weste umhing seinen nackten Oberkörper. Aus den seitlichen Öffnungen schauten seine Arme wie starke Stempel hervor. Eine sehr enge Hose umschloß seine Beine, aber eine Waffe hielt er nicht in der Hand. Cortez erinnerte mehr an ein wachsames Tier, wie er vor der Öffnung stand, breitbeinig und sprungbereit, die Arme etwas vom Körper weggestemmt.

Ich mußte was tun, denn mir war klar, daß er nur nach links zu schauen brauchte, um mich zu sehen.

Meine Beretta hatte ich gezogen. Als Cortez den Kopf in die andere Richtung drehte, nahm ich meine Chance wahr, ging zwei Schritte nach vorn und stand plötzlich sichtbar vor ihm.

Er sah, er wollte reagieren, und er hörte meine

Stimme, während er gleichzeitig die Waffe sah, die auf ihn zeigte. »Tu es lieber nicht, Cortez!« flüsterte ich.

Auch in dieser Düsternis konnte er das Schimmern des Metalls nicht übersehen. Für einen Augenblick war er starr. Dann grinste er. Den Grund kannte ich nicht. Möglicherweise war er zu überrascht und zeigte sich auch verunsichert.

»Das habe ich mir gedacht!« flüsterte Cortez.

»Ja, es war ganz einfach.«

Er leckte seine Lippen. »Was wollt ihr machen? Mich erschießen? Okay, das könnt ihr, aber ich sage euch gleich . . .«

»Komm näher!«

Er kam, dann sah er, wie sich auch Suko aus seiner Deckung löste und auf ihn zuging. Der Gesichtsausdruck meines Partners mußte ihm wohl nicht gefallen haben, denn Cortez trat ängstlich einen Schritt zurück, blieb aber ansonsten still.

»Wo sind die anderen?«

»Welche?«

Durch die Nase holte Suko Luft. »Ich will von dir vernünftige Antworten haben und nicht einen so großen Mist hören. Du weißt genau, wen ich meine, Cortez.«

»Nicht da.«

»Überhaupt nicht?«

Er hob die Schultern. »Ich konnte es nicht mehr erwarten und bin gegangen. Geht doch zurück und schaut hinter jedem Menhir nach. Vielleicht findet ihr den einen oder anderen, aber tut es bald, denn sonst wird euch das Licht zerstrahlen. Es tötet diejenigen, die nicht dafür sind. Den anderen aber gibt es Kraft.«

»Von welch einem Licht redest du?« fragte Suko. »Ich sehe keins. Hier ist es dunkel.«

»Wetten, daß es sich bald ändert?«

»Du erwartest das Monstrum, nicht?«

»Genau. Ich erwarte es, denn in dieser Nacht werde ich durch das Licht der Sterne getauft. Gestern haben wir nur ein Vorspiel erlebt, da kann ich nur lachen. Die Stunden heute sind wichtig. Da wird sich die alte Energie des Monstrums auf uns verteilen, und wir freuen uns darüber. Wir sind glücklich, wir lieben es.«

»Es fragt sich nur, ob ihr es überleben werdet. Mit Whisper haben wir andere Erfahrungen gemacht.«

»Hör mir mit ihm auf. Er mußte der Sache wegen geopfert werden. Wir aber sind hier, versteht ihr? Wir halten uns im Zentrum auf. Ihr werdet erleben, wie sich das Sternenlicht auf diese einzelne Stelle konzentriert. Ihr werdet ein anderes Stonehenge zu sehen bekommen, und es wird der letzte Eindruck sein, den ihr mit ins Grab nehmt. So und nicht anders wird es ablaufen, ich kenne das.«

Cortez hatte sehr überzeugend gesprochen, das mußte ich leider zugeben. Ich glaubte auch daran, daß dieser Mensch im festen Glauben war, alles so zu erleben, wie er es sich wünschte. Meine Beretta beeindruckte ihn überhaupt nicht. Er schaute weder mich noch Suko an, sondern hatte den Kopf in den Nacken gelegt und blickte gegen den Himmel, als würde er dort etwas Bestimmtes suchen.

Auch finden?

Ich wußte es nicht genau, denn noch war von dem Stonehenge-Monstrum nichts zu sehen.

Der Himmel sah völlig normal aus. Er war noch nicht richtig dunkel, aber die Sonne war bereits untergegangen. Ein dunkles Schiefergrau bedeckte eine Fläche, auf der sich nur wenige Wolken verteilten.

Cortez schaute noch immer hoch. Er hatte nur seine Haltung verändert und die eines Betenden angenommen, der kurz davor stand, auf die Knie zu fallen. Er hatte seine Arme ausgestreckt, als wollte er in den Himmel greifen und sich daran festklammern.

Auch ich blickte hoch.

Die Waffe hatte ich weggesteckt und damit meinem Gefühl gehorcht. Sie kam mir einfach lächerlich vor. Suko blickte ebenfalls zum Himmel, denn auch er spürte, daß das große Ereignis dicht bevorstand.

Cortez meldete sich. Uns hatte er vergessen. Seine Worte sprach er ins Leere, sie galten mehr ihm selbst, aber sie waren gleichzeitig so etwas wie ein Anrufen.

»Er kommt! Ich spüre ihn! Er ist da! Er schwebte über uns. Die Vergangenheit wird zur Gegenwart. Ich lerne die Urkräfte des Seins kennen. Ich warte auf dich, ich warte . . .«

Die Urkräfte des Seins . . .

Es war schon seltsam, diesen Begriff aus dem Mund eines Mannes wie Cortez zu hören.

Ich schluckte.

Auch Suko dachte darüber nach, was ich seinem Gesicht ansah, nur Cortez ließ sich nicht beirren. Er schaute weiterhin hoch zum Himmel und erflehte die Rückkehr.

Dann war er da.

Nein, nicht sofort, aber über uns veränderte sich etwas. Ich hatte den Eindruck, als wären dort Kräfte am Werk, die sich in die graue Farbe des Nachthimmels hineinmischten und sie dabei in Bewegung brachten. Sie zogen sie zusammen, sie drückten sie zurück, sie sorgten dafür, daß sie in einen Kreisel gerieten, so daß zahlreiche Strömungen entstanden, die sie veränderten.

Es war ein Phänomen. Eine unsichtbare Saugmaschine räumte dort oben auf. Ich konnte mir sehr gut vorstellen, daß sich dort eine Schnittstelle befand, wo sich Zeiten und Dimensionen trafen und deshalb für diese Bewegung sorgten.

Kam er?

Plötzlich entstand das Licht!

Genau dort, wo sich das Zentrum der Bewegung befand. Ein blasses Glosen, gespenstisch anzusehen.

Das Licht der Sterne, der Gruß aus einer Vergangenheit. Kaltes Totenlicht.

Noch sahen wir das Monstrum nicht, doch wir wußten genau, wo es sich befand, denn es existierte ein Zentrum, und dort war das Licht heller als normal.

Zu den Seiten hin floß es weg wie breite Strahlen, die schließlich im Grau des Himmels versickerten.

Aus der Tiefe, wenn man überhaupt davon sprechen konnte, schob sich etwas hervor.

Es gab für uns keinen Cortez mehr. Wir waren gefesselt, gebannt von diesem unheimlichen Schauspiel über den Steinen von Stonehenge, von dieser uralten magischen Kraft, die alle Zeiten überdauert hatte und nun zuschlagen wollte.

Es kam, es nahm Formen an.

Das Gesicht war da!

Ich hielt den Atem an, als ich es so weit und gleichzeitig so nah über mir schweben sah. Es war ein flaches Gesicht, wie wir es schon einmal erlebt hatten, nur konnte es mit der vergangenen Nacht nicht verglichen werden, denn es hatte sich um ein Vielfaches vergrößert.

Über Stonehenge schwebte das Gesicht eines Riesen!

Die bösen Augen, das dunkle Haar, die kantige Nase und darunter der weit geöffnete Mund. Dazwischen aber lag das kalte Sternenlicht mit seinem makabren Glanz. Besonders intensiv drang es aus den beiden

Augen schräg in den Himmel. Auch der Mund spie diese Strahlen aus, die noch hoch über die Steine hinwegglitten, als wollten sie den restlichen Himmel von seiner Dunkelheit befreien.

Hinter dem Gesicht schimmerte es ebenfalls hell. Mir kam es vor, als wäre die Steinhaut durchlässig geworden, sehr porös, damit sich der verschwommene Schein freie Bahn verschaffen konnte.

Suko und ich waren still. Auch der unheimliche Vorgang über uns lief ohne einen Laut ab. Aber Cortez konnte seinen Mund nicht halten. Das war einfach zu viel für ihn.

Wir hörten seine flehenden Worte. Er schien zu beten. Ob er erhört wurde, bekamen wir nicht mit, denn uns interessierte nur das Monstrum am Himmel.

Dort tat sich etwas.

Das Gesicht bewegte sich. Sehr langsam senkte es sich nieder, als wollte es uns zunicken.

Zwangsläufig veränderte sich dabei auch die Richtung der Strahlen. Sie kippten nach unten, verloren sich nicht mehr in der Weite des dunklen Himmels, denn nun hatten sie ein Ziel.

Es waren die Steine und wir!

In den letzten Minuten hatten wir sie als düstere Klötze erlebt. Hochaufragende, starre Monstren, die nichts erschüttern konnte und nun von den Strahlen getroffen wurden.

Sie veränderten sich.

Über ihre äußeren Seiten hinweg glitt der erste Schein. Er puderte sie mit seiner blassen Helligkeit, und für uns sah es so aus, als würde er durch das Gestein hindurch den Weg nach innen finden, um ihm eine Seele zu geben.

Tiefer und tiefer senkte sich die fahle uralte Helligkeit. Ich kam nicht daran vorbei, über die Folgen nachzudenken. Sie konnten schlimm werden, wenn uns dieses Licht erreichte. Wir hatten keinen Schutz dagegen, wir würden diese Taufe erleben, nur unfreiwillig.

Oder würde uns das Licht einfach zerstören, weil wir in seine Aura hineingeraten waren?

Ich drehte den Kopf und hatte kaum mitbekommen, daß ich schon geduckt dastand. Es war eine instinktive Reaktion meines Körpers. Mein Blick traf zuerst Suko.

Er hatte die gleiche Haltung eingenommen wie ich, sich nur näher an die Außenseite eines Menhirs herangedrückt, als könnte er dort mehr Schutz finden.

Anders Cortez!

Er war auf die Knie gefallen, hatte die Beine so weit wie möglich zu den Seiten hin weggedrückt und den Oberkörper stark durchgebogen. Seine Arme streckte er in die Höhe, und die Hände sahen so aus, als wollten sie in das Licht hineingreifen.

Er wartete auf die Taufe . . .

Ich blickte noch einmal hoch.

Nichts mehr zu sehen, kein Gesicht. Alles verschwamm im Mondlicht. Es lag über uns wie ein Teppich und konzentrierte sich dank seiner Strahlen nur eben auf dieses eine Gebiet, um es in seine Gewalt zu bekommen.

Mit der Präzision eines Schweizer Uhrwerks sank dieser Teppich aus Licht tiefer und tiefer. Er kam, er war hungrig, er glich einem Tier, das alles verschlingen wollte. Er malte die mächtigen Steine an und degradierte sie zu völlig normalen Felsklötzen.

Es tauchte tiefer – noch tiefer . . .

Meine Furcht blieb nicht nur, sie verstärkte sich sogar. Kalte Schauer rieselten über meinen Rücken, die Haare im Nacken bewegten sich, als würden Stromstöße über sie hinwegrinnen. Durch einen schnellen Blick stellte ich fest, daß der blasse Schein nur mehr eine Armlänge von mir entfernt war.

Ich tauchte noch tiefer.

Es hatte keinen Sinn zu fliehen. Wir wären nicht schnell genug gewesen, um dem Licht zu entkommen, wir mußten uns ihm stellen. Das taten Suko und ich, indem wir uns zu Boden warfen, allerdings nicht mit dem Gesicht nach unten, sondern uns auf die Seite drehten, damit wir noch etwas von den Vorgängen mitbekamen.

Cortez hatte sich nicht hingelegt. Er empfing den Schein, seine Lichttaufe, kniend.

Die kleine Welt hier hatte sich verändert. Es gab keine dunklen Steine mehr. Sie alle sahen wie fahle, gewaltige Totenarme aus, die gerade oder schief in den Himmel stachen, als wären sie für alle Lebenden zu schrecklichen Mahnmalen geworden.

Ich zitterte innerlich, ich war nervös, ich spürte auch eine gewisse Angst davor, daß ich, wenn mich das Licht erreicht hatte, ebenso ein Ende fand wie Whisper.

Noch bekam ich eine Galgenfrist. Dafür aber konnte ich sehen, wie der Schein Cortez erreichte.

Er malte ihn an.

Er war leicht, noch leichter als ein Schleier, wohl nicht mehr als ein Hauch. Cortez streckte ihm sein Gesicht entgegen, als sollte es geschminkt werden, was das Licht auch tat, denn es gab der Haut einen blassen figurenhaften Glanz.

In Sekundenschnelle hatte sich Cortez in ein fahles Gespenst verwandelt. Selbst in seine Augen war das Licht eingetaucht, es nahm ihnen den natürlichen Glanz und verwandelte sie in seine Derivate.

Der Mann zitterte und zuckte. Er bewegte heftig den

Mund, ließ ihn aber offen, so daß das Licht auch dort hineinstrahlen konnte.

Himmel, er wurde aufgesaugt, und ich bekam mit, wie er sich langsam auf die Beine quälte.

Dann stand er.

Die Arme hielt er vom Körper weg. Da ich lag, wirkte er aus meiner Sichtperspektive noch größer und mächtiger. Aber er sah auch anders aus als sonst. Mir kam er vor wie eine lebende Leiche, bei der die Augen ausgestochen worden waren, um Platz für den unheimlichen Schein zu schaffen. Es war kaum zu fassen, ich fühlte mich selbst wie gefesselt und schaute trotzdem zu, wie sich Cortez umdrehte.

Ich sah sein Gesicht.

Der Schreck traf mich wie ein Messerstich, und er ging verdammt tief in meinen Körper hinein.

Cortez hatte kein Gesicht mehr, das war nur noch eine Maske, und es glich auf eine makaber-schaurige Art und Weise der des Monstrums.

Ich stöhnte auf.

Cortez hörte mich nicht. Er genoß seinen neuen Zustand und versuchte auch mit ihm zurechtzukommen, denn er setzte sich jetzt in Bewegung. Seine Schritte hatten nichts Normales mehr an sich. Hier war jemand verändert worden. Ein Mensch war er nur nach außen hin, in seinem Innern jedoch hatte er sich in eine Leiche verwandelt.

Ein mit Sternenlicht gefüllter lebender Toter, der uns durch sein Aussehen bekanntgab, wie es uns ergehen würde.

Das machte mir angst . . .

Cortez kümmerte sich weder um Suko noch um mich. Er ging seinen Weg, mal im Kreis, mal geradeaus, und ich wurde wieder an das Licht erinnert, das sich noch nicht zurückgezogen hatte. Nach wie vor schwebte es in und über dieser kleinen Insel, wobei es Hüfthöhe erreicht hatte, bevor es zur Ruhe gekommen war.

Wollte es uns nicht mehr? Gab es sich mit Cortez zufrieden? Sollten wir tatsächlich dieses Glück gehabt haben? Wo waren die anderen Sternenjünger? Ich rechnete jeden Augenblick mit ihrem Erscheinen, aber Cortez blieb vorerst allein. Vielleicht war er auch als Testperson vorgegangen, um sich in seinem neuen Zustand den anderen zu präsentieren.

Es gab diese Möglichkeit, aber sie brauchte mich nicht zu interessieren. Mein eigenes Schicksal war mir wichtiger, und nur deshalb schielte ich wieder gegen den Lichtteppich, der leicht zitternd über mir und meinem Freund Suko lag.

Weit oben am Himmel mußte das Gesicht schweben, das ich nicht sehen konnte.

Dafür senkte sich die tödliche Blässe . . .

Auch Suko hatte es gesehen. Im Gegensatz zu mir sprach er, und er sagte genau die richtigen Worte: »Verdammt, John, es geht los! Da kann ich selbst mit meinem Stab nichts mehr daran ändern. Tut mir leid. Ich glaube, hier kommen wir nicht mehr so weg, wie wir es uns wünschen . . .«

Ich stimmte ihm zu, allerdings nur innerlich. So flach wie möglich hatte ich mich auf den Boden gelegt, der für meinen Geschmack schon hart wie Beton geworden war. Ich nahm seinen Geruch wahr, auf den Lippen klebte der Staub, im Mund ebenfalls, aber was war das schon gegen das Wissen, aus eigener Kraft nichts mehr tun zu können?

Dieses alptraumhafte Sternenlicht war wie eine Decke, die sich immer tiefer senkte, um einen Menschen langsam und auch irgendwo genußvoll zu zerquetschen.

Ich lag jetzt auf dem Rücken und schaute der Masse entgegen. Alles andere war uninteressant geworden, selbst Suko interessierte mich nicht mehr. Ich mußte mich damit abfinden, daß diese alte Kultstätte zu einem besonderen Grab für mich werden würde. Und ich würde dabei auf eine gewisse Art und Weise sterben, für die es keine logische Erklärung gab. Vielleicht saugte das alte Licht auch die Seele aus dem Körper eines Menschen und ließ die normalen Funktionen noch bestehen. Möglich war alles . . .

Kein Gesicht war zu sehen, nur dieses kalte Licht. Ja, es war kalt, ich spürte bereits seine Nähe, und ein Frösteln rann über meinen Körper, auch dort, wo er durch die Kleidung geschützt war.

Haut ist nie glatt. Sie hat unzählige Poren, winzige Löcher, durch die das Sternenlicht in mein Innerstes dringen konnte, um mich auszurauben.

Es würde mich in einen Roboter verwandeln, in einen lebenden Toten, in eine Hülle, es würde mir das Menschsein nehmen.

Die erste Berührung!

Ich schrie nicht, ich verkrampfte mich nur. Ich suchte sogar nach einem Vergleich. Es kam mir vor, als hätte jemand kaltes Metall auf meine Brust gelegt.

Es drang also durch.

Nicht weit von mir entfernt hörte ich Sukos Stöhnen, dazwischen die tappenden Schritte des bereits mit Sternenlicht getauften Cortez. Das war alles so irreal, so grauenhaft und einfach nicht faßbar, aber es entsprach den Tatsachen.

Der Atem würde mir geraubt, der Herzschlag würde unkontrolliert werden, ich würde innerlich vereisen und anschließend wie Cortez erste Gehversuche als menschliche Hülle unternehmen.

So sah es aus.

Ich holte Luft.

Es klappte nicht mehr. Zur Hälfte konnte ich die Lungenflügel noch füllen, dann aber stockte mir der Atem, als hätte jemand eine Sperre in meinen Hals gebaut.

Das war es also.

Plötzlich erschien der Schatten!

Ich war schon so mit meinem eigenen Ableben beschäftigt, daß ich ihn kaum wahrnahm. Er hatte sich auch mit keinem Laut angekündigt, er war einfach da und stieß in das fahle Totenlicht hinein, als wollte er es kurzerhand verschlucken.

Sank das Licht tiefer?

Ich konzentrierte mich, obwohl es mir schwerfiel, weil ich doch an Atemnot litt.

Nein, es blieb in der Höhe, was aber nicht bedeutete, daß die Gefahr gebannt war. Ich schnappte nach Luft und stellte fest, daß meine Lunge noch nicht frei war.

Also blieb ich liegen, tat nichts, starrte nach oben und sah die breiten Streifen, die von verschiedenen Seiten in den fahlen Sternenglanz hineinfuhren und ihn aufrissen.

Lücken entstanden!

Sie waren sehr breit, wie Spuren oder Bahnen, und sie hatten eine ungeheure Dichte und eine absolute Schwärze.

Da wußte ich Bescheid.

Der Spuk war da.

In diesem Augenblick atmete ich auch durch. Ob ich gerettet war, konnte ich nicht sagen, aber der Druck in meinem Kopf wurde von wilden Gedankensprüngen abgelöst, denn ich erlebte zum erstenmal eine umgekehrte Welt. Diesmal wollte ich, daß die Schwärze gewann, nicht das Licht, und dieser Gedanke führte bei mir auch den Begriff Sohn des Lichts, der ich ja nun mal war, ad absurdum.

Ich drückte der Dunkelheit die Daumen. Sie mußte den Sieg davontragen, anders waren wir nicht gerettet. Sie sollte gewinnen, der Spuk sollte mit seinen Kräften das Monstrum zurücktreiben oder es aber radikal vernichten.

Stonehenge sollte nicht zu einem Grab für mich werden und meinen Knochenstaub schlucken.

Der helle Teppich hatte breite Risse bekommen. Er zuckte, und er schwang dabei in die Höhe.

So hoch, daß ich nicht mehr am Boden zu liegen brauchte, sondern mich hinsetzte, was mir leider nur unter großen Qualen gelang. Ich hatte keinen Körper mehr. Ich spürte die Glieder zwar noch, aber sie waren irgendwo bindungslos geworden, als hätte das eine mit dem anderen überhaupt nichts zu tun.

Es waren die Folgen des ersten Angriffs, und ich betete darum, sie überstehen zu können.

Auch Suko hockte am Boden. Er winkte mir sogar matt zu, und ich zeigte ihm ein verzerrtes Grinsen, während sich über unseren Köpfen das Sternenlicht wieder zurückzog, als wäre der Himmel dabei, es anzusaugen und für immer zu verschlingen.

Aber der Himmel war nicht mehr grau. An einer bestimmten Stelle zeigte er eine so tiefe Schwärze, die mit Worten eigentlich nicht zu beschreiben war.

Sie war eben absolut.

Und da wiederum gab es nur einen, der dies bewerkstelligen konnte – der Spuk.

Niemals hätte ich gedacht, daß ich mich ausgerechnet über ihn, über sein Erscheinen so freuen würde. Der Spuk war ein Dämon, er war ein Feind von uns, aber er stand auf einer besonderen Stufe, denn er wollte nicht klein beigeben. Nicht bei einem Dämon und erst recht nicht bei einem direkten Feind wie dem Monstrum.

Die Kraft kehrte zurück. Ich konnte mich erheben, lief einige Schritte taumelnd nach vorn und blieb dann stehen, als hätte mich eine Gummiwand gestoppt.

Ich schwang zurück, wieder nach vorn, suchte das Gleichgewicht, das ich finden mußte, um in die Höhe schauen zu können, denn dort spielte sich das Finale ab. »Partner, wir leben . . .«

Ich erkannte Sukos Stimme kaum wieder, als er die Worte sagte und an mich herantrat.

Wir stützten uns gegenseitig, damit wir beide zuschauen konnten, was sich über der Kultstätte von Stonehenge abspielte.

Es war der Kampf zweier Giganten!

Dunkelheit auf der einen Seite, Licht auf der anderen. Aber ein falsches, ein heimtückisches Licht, in der Urzeit gewoben zu einem gewaltigen hellen Netz, das alles überdauert hatte.

Es bewegte sich, es kreiste, es versuchte dabei, sich zu regenerieren, und in dieses Licht hinein schob sich allmählich das Gesicht des Monstrums. Für uns sah es aus, als wäre es aus der Tiefe des unendlichen Himmels geholt worden, um sich der brutalen Schwärze zum Kampf zu stellen, damit es sie vernichten konnte.

Aber der Spuk war mächtig.

Wie die Schwinge eines Tiefseerochens hatte er seine tintige Schwärze ausgebreitet und jedes Licht aus seiner unmittelbaren Nähe vertrieben. Und so griff er an.

Er drängte sich der Helligkeit entgegen. Als wäre ein Teil des Himmels von einer tiefschwarzen Schlammwolke bedeckt. Er fraß, er ließ sich durch nichts aufhalten, er war ein Tier, ein Monstrum, und er näherte sich dem eigentlichen Monstrum.

Das Gesicht blieb.

Die weit geöffneten Augen ließen die Strahlen ins Freie gleiten. Sie waren jetzt grell geworden, mächtig und intensiv. Wie Lanzen versuchten sie, die Schwärze zu durchbohren, ihnen die Tiefe zu entreißen und sie letztendlich zu vernichten.

Das alles spielte sich mit einer bedrückenden Lautlosigkeit ab. Wir hörten keinen Schrei, sondern konzentrierten uns auf das gespenstische Schauspiel am Himmel.

Das Grauen drängte sich aufeinander zu. Das Gesicht zuckte plötzlich. Mir kam es vor, als würde sich der Mund zu einem breiten Grinsen verziehen, um noch einmal Kraft zu sammeln.

In diesen Rachen aber drückte sich der Spuk hinein. Er konzentrierte sich plötzlich auf einen Punkt und hatte seine gesamte Gestalt zusammengezogen.

Mir schoß durch den Kopf, daß dieses Stonehenge-Monstrum verschiedene Stufen annehmen konnte.

In der letzten Nacht hatte es sich zu einem Festkörper materialisiert gehabt.

Heute war es anders. Da erlebte ich es als durchscheinendes Gespenst ohne feste Grenzen.

Der Spuk schaffte es.

Seine intensive Schwärze wühlte sich in das offene

Maul hinein. Es gab für ihn keine Grenze, die ihn aufgehalten hätte. Er wollte die Vernichtung, und er gab nicht auf.

Es war mit Worten kaum zu beschreiben, was ich fühlte. Ich stand da als ein Zuschauer, der einem Dämon die Daumen drückte. Hier mußte der Teufel wirklich mit dem Beelzebub ausgetrieben werden.

»Er schafft es, John!« keuchte Suko. »Verdammt, ich bin mir sicher, daß er es schafft.«

»Hoffentlich!«

»Du wirst es sehen!«

Der Spuk gab nicht auf. Er drängte sich weiter hinein in das schreckliche Gesicht, und wir konnten sogar seinen Weg verfolgen, denn das Licht, das normalerweise so hell aus seinen Augen strömte, bekam einen grauen Schatten und verlor dabei an Intensität.

Der Spuk hatte es erreicht.

Er tötete es ab, er drang weiter vor, und er fand seinen Weg bis in die Augenhöhlen hinein.

»Er hat ihn!« flüsterte Suko. »Er hat den gesamten Schädel in seinen Besitz genommen.«

Es stimmte, es konnte nicht anders sein. Obwohl das Monstrum noch über den Steinen stand, hatte es ein völlig anderes Aussehen angenommen. Zwar war das Maskenhafte geblieben, nun aber erinnerte es mich an eine düstere Totenmaske, denn weder aus den Augen noch aus dem Mund strömte die fahle Blässe der Sterne hervor.

Schwarz waren die Öffnungen. So pechschwarz, ohne einen einzigen funkelnden Schimmer.

Lichtlos, unheimlich, grauenvoll, und trotzdem für uns die große Hoffnung.

Sein erstes Ziel hatte der Spuk erreicht. Das zweite peilte er nun an. Er begann damit, das Monstrum aus der tiefsten Vergangenheit zu zerstören. Wir wußten ja, daß er noch eine alte Rechnung offen hatte. Man hatte ihm übel mitgespielt, und der Spuk vergab nie.

Er demontierte den Schrecken!

Bisher hatten wir das Stonehenge-Monstrum als eine starre Fratze erlebt. Da es nun durch die andere Kraft ausgefüllt war, änderte sich dies, die Starrheit verschwand.

Wegen der Entfernung war es für uns schwer, Einzelheiten zu erkennen. Wenn mich nicht alles täuschte, dann zuckten die Wangen unter anderen Kräften, die tief in ihr Gefüge hineindrangen und damit anfingen, es aufzureißen.

Der Anfang vom Ende.

Die Zerstörung begann!

Wir hielten den Atem an und schauten zu.

Etwas platzte auf der Stirn weg. Ein großer Brocken wurde herausgerissen, das Loch blieb, in das sofort die absolute Schwärze hineinkroch. Der Brocken aber konnte nicht mehr existieren. Noch in Höhe des Gesichts zerfiel er zu Staub.

Und auch die anderen Teile des Gesichts schafften es nicht mehr, in dem Gefüge zu bleiben. Die Kraft des Spuks riß die Lücken hinein, wie sie wollte. Das Gesicht verwandelte sich in ein Puzzle, dessen verschiedene Teile nur mehr lose zusammenhingen.

Überall platzte es auf. Die einzelnen Stücke schossen in alle Richtungen davon, als würden in seinem Schädel zahlreiche Explosionen stattfinden.

Urplötzlich wurde ihm von innen her die Schädeldecke weggeschmettert. Als dieser schwarze Schopf verschwand, da sah es aus, als hätte jemand einen Dekkel abgerissen und ihn weit in den Nachthimmel hineingeschleudert.

Unwillkürlich schauten wir ihm nach, und er flog noch in unserer Sichtweite auseinander.

Viel war nicht zurückgeblieben.

Nur mehr die Nase, die sich wie ein dicker Pflock hielt, aber schon anfing zu zittern, und dann strahlte sie für einen winzigen Moment auf. Im nächsten Augenblick verwandelte sie sich in eine mächtige Wolke. Vielleicht war sie wieder zu Sternenstaub geworden, wenn ja, dann hatte er eine dunkle Farbe angenommen, gezeichnet durch die Kraft des Uralt-Dämons Spuk.

War er noch da?

Wir hielten Ausschau nach seiner Schwärze, doch nur der blanke Nachthimmel lag über Stonehenge. Der Spuk hatte sich wieder in seine Gefilde zurückgezogen, nicht allerdings ohne einen letzten Gruß. Seine Stimme erreichte uns als dröhnendes Flüstern.

»Manchmal muß man euch eben zeigen, wie schwach ihr doch seid, ihr Menschen . . .«

Suko schaute mich an.

Ich nickte und sagte: »Wo er recht hat, da hat er recht.«

»Ja, aber . . .«

Der Schrei hinter uns riß Suko die folgenden Worte von den Lippen.

Wir fuhren beide herum. Noch in der Bewegung schoß mir der Name Cortez durch den Kopf.

Himmel, an ihn hatte ich gar nicht mehr gedacht, und ich griff automatisch zur Waffe, denn diese seelenlose Hülle konnte ich möglicherweise mit einer Silberkugel erledigen.

Es war nicht mehr nötig.

Er kniete vor uns.

Er war fertig, am Ende. Er hatte die Arme halb angehoben und seine Hände gegen die Ohren gepreßt. In den pupillenlosen Augen stand der kalte Glanz des Sternenlichts, dem er so entgegengefiebert hatte. Nun wurde es ihm zum Verhängnis.

Noch einmal hörten wir ihn stöhnen.

Dann zuckten seine Hände aufeinander zu, als wäre nichts mehr dazwischen.

Das war es auch nicht mehr, denn beide Handflächen drückten den Kopf zusammen, der vor unseren Augen zu blinkendem Sternenstaub zersprühte. Es blieb nicht beim Kopf. Wir konnten nichts mehr für ihn tun, nur zuschauen, wie Cortez verging.

Er löste sich auf.

Sekunden später war er nur mehr Erinnerung . . .

Ich schüttelte den Kopf. »Mein Gott«, sagte ich nur, »mein Gott.« Dabei dachte ich daran, wie nahe auch Suko und ich einem derartigen Tod gewesen waren.

Wir aber lebten, waren von einer schweren Last befreit und konnten gehen, weil uns ein Dämon gerettet hatte.

So etwas passierte auch nur selten.

Arm in Arm verließen wir den Schauplatz . . .

Wir fanden die anderen Sternenjünger an der Absperrung und unter Kontrolle einiger Wachtposten, die von Randi alarmiert worden waren. Als sie uns erscheinen sah, stieß sie einen lauten Ruf aus und rannte auf uns zu. »Ihr lebt . . .«

»Ja.«

Fast wäre sie zusammengesunken, so erleichtert war sie. Suko fing sie auf. Beide blinzelten wir in das Licht starker Taschenlampen. Man stellte uns Fragen, wir zeigten unsere Ausweise, und die mußten auch von den Wächtern akzeptiert werden.

Randi wollte wissen, wie so etwas überhaupt möglich gewesen war. »Da ist doch etwas Schreckliches am Himmel passiert. Ich . . . ich habe es selbst gesehen.«

»Am Himmel?« fragte ich skeptisch. Mein Blick traf Suko. »Hast du etwas gesehen?«

»Nein, gar nichts. Nur den Sonnenuntergang.«

»Eben.«

Randi schaute uns abwechselnd an. »Ihr könnt vieles«, sagte sie. »Aber eines nicht.«

»Was denn?« wollte ich wissen.

»Lügen!«

Da lachten wir, und mit diesem befreienden Gelächter war der Fall endgültig vergessen . . .

ENDE

Band 73 143

Jason Dark

Friedhof New York

Originalausgabe

Wie ein Pesthauch lagen die Schwingen des Todes über der Weltstadt New York. Überall Verfall, Vernichtung und schreckliches Elend. Die Freiheitsstatue brach auseinander wie sprödes Glas. Und über das Meer glitt eine Barke hinweg, die den Sensenmann an Bord hatte.
Ein Alptraum – eine düstere Zukunftsversion?
Noch spielten sich all die Szenen in den Köpfen träumender Menschen ab. Aber es gab ein Wesen, das Träume in Realität verwandeln konnte.
Der schwarze Mann, der Dämon mit dem Babygesicht – Jericho. Nach seinem Willen sollte die Millionenstadt zu einem einzigen Friedhof werden . . .

BASTEI LÜBBE

Sie erhalten diesen Band im Buchhandel, bei Ihrem Zeitschriftenhändler sowie im Bahnhofsbuchhandel.